李树萍诗词选集

李树萍 ◎ 著

光明日报出版社

图书在版编目（CIP）数据

李树萍诗词选集 / 李树萍著. -- 北京：光明日报出版社，2024.5
ISBN 978－7－5194－7972－5

Ⅰ.①李… Ⅱ.①李… Ⅲ.①诗词—作品集—中国—当代 Ⅳ.①I227

中国国家版本馆 CIP 数据核字（2024）第 102783 号

李树萍诗词选集
LISHUPING SHICI XUANJI

著　　者：李树萍	
责任编辑：刘兴华	责任校对：宋　悦　贾　丹
封面设计：中联华文	责任印制：曹　净

出版发行：光明日报出版社
地　　址：北京市西城区永安路 106 号，100050
电　　话：010-63169890（咨询），010-63131930（邮购）
传　　真：010-63131930
网　　址：http://book.gmw.cn
E－mail：gmrbcbs@gmw.cn
法律顾问：北京市兰台律师事务所龚柳方律师
印　　刷：三河市华东印刷有限公司
装　　订：三河市华东印刷有限公司
本书如有破损、缺页、装订错误，请与本社联系调换，电话：010-63131930
开　　本：170mm×240mm
字　　数：357 千字　　　　　　　印　　张：20.5
版　　次：2024 年 5 月第 1 版　　印　　次：2024 年 5 月第 1 次印刷
书　　号：ISBN 978－7－5194－7972－5
定　　价：96.00 元

版权所有　　翻印必究

代 序

这是一部用作者人生价值的情怀著成的书,值得品读。

世界以客体的形式存在:客体的自然界、客体的人类社会、客体的他人、客体的自我。人来到这个世间就是要认知这个客体的世界,客体的世界反映到人们的大脑中就形成了场景。人们对感悟到的场景用人类创造的文字语言进行描述,既包含了场景的客观性,也包含了人们的认知性。这种认知必然包含着人的意识、人的情感,而这使得场景不再是单纯的场景,而是人们感悟的场景,这必然会使场景丰富起来、生动起来、灵性起来……

人之所以区别于动物,就在于人类创造了用于表达和交流的文字语言。世界至今没有发现任何一种除人以外的动物创造和发明了文字。早期的象形文字是客体世界在人们的大脑中场景的真实反映,而表意文字则与人们的观念形态有着更进一步的关系。显然,文字作为语言的载体用于表达人们对客体世界的认知,它既是客观的,又是主观的,包含了人们的主观臆想和判断。文字作为一种语言,包含了人的主观和世界的客观的合一性。

诗歌作为文字语言的一种表达形式,区别于小说等其他文学形式,具有自身特殊的属性。诗歌是作者对客体世界场景的反映,曰之为诗景。从春意盎然到夏日炎炎,从秋高气爽到白雪皑皑,从苍茫大地到浩瀚天空,从旭日东升到夕阳西下,从葱葱草木到飞禽走兽……天地之间万事万物皆映衬脑海。诗歌是作者借景抒情的表达,曰之为诗情。从一腔热忱到怀才不遇,从兴高采烈到萎靡低沉,从春风满面到愁眉不展,从群情激昂到大失所望,从魂牵梦萦到大梦初醒……芸芸众生喜怒哀乐皆萦绕心间。诗歌是作者借景表意的方式,曰之为诗意。从歌功颂德到针砭时弊,从胸怀天下到愤世嫉俗,从无私奉献到患得患失,从舍生取义到杯弓蛇影,从对酒当歌到人生如梦……人世沧桑是是非非皆浸透心中。

我读树萍的诗歌,不仅读每一首,也悟每一句,更嚼每一字。他的诗沁润了我的心灵，我才有了以上的深刻的顿悟。

谨以此祝贺他的诗词集刊印发行。

谢志华

注：谢志华 北京工商大学教授、校长。早年是一位优秀的语文老师。

前　言

我是一个诗词爱好者，喜欢品读名人名句。被诗词中的跌宕起伏、情景交汇、意境旷阔折服后，我开始搜集有关诗词的书籍，学习研究诗词韵律、赏析诗词。渐渐地，我形成了模仿古诗词平仄格律写诗词的爱好。

随着我的创作增多，有朋友建议我将诗词创作发表，但我对自己的诗词信心不足，不敢发表。后来在《诗刊》《辞赋》《华人头条》《中宏网》以及山东、陕西等一些地方诗社刊登了一些作品后，我的自信心提升了。由于客观因素，许多诗词没能保存下来，现存的一千多首诗词大都是退休以后写的。再后来与诗词名家交流多了，我得到了他们的指导，创作水平有所提高，才渐渐有了出书的想法。

我以为诗词无论写景、写物、写事，都应融入作者的情感，一首好的诗词，应该让读者产生思想共鸣，从而久久不能释怀。

我认为写古体诗词应该不失唐宋古人的风范，特别是不要用白话，不要用政治口号，要以更多的典故和修辞手法来映衬和表现主题。

我以为诗词不是自我欣赏的，要抛入诗词万家的大海中，风吹浪打也不会沉没。创作的诗词要有生命力，所以我在写作时，尽量让我的诗词的生命力长一点，尽量让自己的诗词多引经据典，遣词造句，别具一格。如纳兰性德、毛泽东，他们的诗词既继承了唐宋大家风范，又有自己的独特风格。我在努力向他们学习。

对于诗词创作，我仍处在学习阶段，尤其是对声韵和格律方面的知识，还需要努力学习，希望得到专家和广大读者的批评指正。

本书出版前，得到许多领导、朋友的大力支持，谨在此一并致谢。

李树萍
2024 年 3 月 1 日

目 录
CONTENTS

第一章　玉蝴蝶 ··· 1
  玉蝴蝶·秋雨 ·· 1
  玉蝴蝶·吾生多绪 ··· 1

第二章　解语花 ··· 3
  解语花·别离震庄三十年忆赵苍璧前辈 ·················· 3
  解语花·逛红螺寺庙会 ······································· 3
  解语花·春节感怀 ··· 4

第三章　醉太平 ··· 5
  醉太平·九九重阳 ··· 5
  醉太平·登秋山 ·· 5
  醉太平·怀古 ·· 6
  醉太平·小寒·忆少年 ······································· 6

第四章　忆王孙 ··· 7
  忆王孙·春 ··· 7
  忆王孙·冬至思乡 ··· 7
  忆王孙·知了声 ·· 7
  忆王孙·今日中午晒太阳 ·································· 8
  忆王孙·霜降 ·· 8
  忆王孙·送灶爷取仙丹 ····································· 8
  忆王孙·惊蛰 ·· 8

第五章　卜算子 ··· 9

卜算子·祭后雨 ··· 9
卜算子·盼雪 ·· 9
卜算子·春归处 ··· 10
卜算子·听雨 ·· 10
卜算子·梦雪 ·· 11
卜算子·建党日感怀 ·· 11
卜算子·小雨加雪 ··· 11
卜算子·踏青 ·· 12
卜算子·重阳节 ··· 12

第六章　水调歌头 ··· 13

水调歌头·和苏轼·明月几时有 ··· 13
水调歌头·望月 ··· 13
水调歌头·一夜雨 ··· 14
水调歌头·今时月 ··· 14
水调歌头·春愿 ··· 15

第七章　醉花阴 ·· 16

醉花阴·雷雨闲趣 ··· 16
醉花阴·重游黄山 ··· 16
醉花阴·数九燕京又无雪 ·· 17
醉花阴·别离 ·· 17
醉花阴·滚滚寒流来 ·· 18
醉花阴·无客是清欢 ·· 18

第八章　忆江南 ·· 19

忆江南·大年初一 ··· 19
忆江南·过年 ·· 19
忆江南·年过了 ··· 19
忆江南·国庆节忆往昔 ··· 20
忆江南·静享时分 ··· 20
忆江南·京西雨 ··· 21

忆江南·读司马迁《史记》想开去 ················· 21
忆江南·立春在除夕夜 ························· 21
忆江南·一场雪 ······························ 22
忆江南·立春早 ······························ 22

第九章　江城子 ·································· 23

江城子·踏青 ································· 23
江城子·月季花 ······························ 23
江城子·忆江南工作的日子 ····················· 24
江城子·感怀 ································· 24
江城子·宠犬多多离世 ························· 25
江城子·悼亡灵 ······························ 25
江城子·过年 ································· 26
江城子·板胡与秦腔剧 ························· 26
江城子·忆激情燃烧的岁月 ····················· 27
江城子·重游管家岭 ··························· 27
江城子·相聚 ································· 28
江城子·风 ··································· 28

第十章　捣练子 ·································· 30

捣练子·元旦怀思 ····························· 30
捣练子·元旦·忆友人 ························· 30
捣练子·夜归 ································· 31
捣练子·年又近 ······························ 31
捣练子·白天夜 ······························ 31
捣练子·今夜雪 ······························ 31
捣练子·中元节 ······························ 32
捣练子·雨中看雪 ····························· 32
捣练子·年过了 ······························ 33
捣练子·秋风起 ······························ 33
捣练子·看雪 ································· 33

第十一章　蝶恋花 ··· 34

蝶恋花·登高望首都想开去 ··· 34
蝶恋花·雷锋精神兼念周恩来 ··· 34
蝶恋花·五一郊游 ··· 35
蝶恋花·春分时节赏花人 ··· 36
蝶恋花·重阳节 ··· 36
蝶恋花·悼秦怡 ··· 36
蝶恋花·读西晋张翰诗有感 ··· 37
蝶恋花·初涉微信有感 ··· 38
蝶恋花·明月人尽望 ··· 38
蝶恋花·忆大师饭局，一老者赞美佳人 ··· 38

第十二章　阮郎归 ··· 40

阮郎归·回延安 ··· 40
阮郎归·谷雨时间游西山 ··· 40
阮郎归·寒流催雨暮秋急 ··· 41
阮郎归·思念家人 ··· 41
阮郎归·谷雨 ··· 41
阮郎归·怨风人 ··· 42
阮郎归·腊八同日大寒·咏梅 ··· 42
阮郎归·独居老人 ··· 43
阮郎归·过年感怀 ··· 43

第十三章　点绛唇 ··· 44

点绛唇·抒怀 ··· 44
点绛唇·过年忆往昔 ··· 44
点绛唇·谷雨思绪 ··· 45
点绛唇·白露时节 ··· 45
点绛唇·雨水 ··· 45
点绛唇·咏牛 ··· 46
点绛唇·大寒遇飞雪 ··· 46
点绛唇·查分数 ··· 46
点绛唇·中秋月 ··· 47

第十四章　小重山 ········· **48**

　　小重山·雨后晚霞生 ········· 48
　　小重山·人生要知四足 ········· 48
　　小重山·女大当嫁（写在三八妇女节） ········· 49
　　小重山·消防战士 ········· 49
　　小重山·读岳飞同名词有感 ········· 50
　　小重山·梦樱花 ········· 51
　　小重山·芒种时节 ········· 51

第十五章　摊破浣溪沙 ········· **52**

　　摊破浣溪沙·炒股 ········· 52
　　摊破浣溪沙·一夜秋雨 ········· 52
　　摊破浣溪沙·立冬·雨雪天 ········· 53
　　摊破浣溪沙·读毛泽东《送瘟神》诗 ········· 53
　　摊破浣溪沙·回家过年 ········· 54
　　摊破浣溪沙·别离泪 ········· 54
　　摊破浣溪沙·台风·连日雨 ········· 55

第十六章　渔家傲 ········· **56**

　　渔家傲·劳动节的来与去 ········· 56
　　渔家傲·悼于蓝和申纪兰 ········· 57
　　渔家傲·七夕 ········· 57
　　渔家傲·悼毛泽东 ········· 58
　　渔家傲·把春留住 ········· 58
　　渔家傲·铁血戈壁 ········· 58

第十七章　调笑令 ········· **60**

　　调笑令·盼雨 ········· 60
　　调笑令·寒露 ········· 60

第十八章　采桑子 ········· **61**

　　采桑子·怀念周恩来 ········· 61

采桑子·久别重逢 …………………………………………… 61
采桑子·国庆 70 周年联欢（阅兵观后感） ………………… 62
采桑子·今日霜降 …………………………………………… 62
采桑子·入夏童心 …………………………………………… 62
采桑子·惜春 ………………………………………………… 63
采桑子·手机控 ……………………………………………… 63

第十九章　风入松 …………………………………………… 64
风入松·清明 ………………………………………………… 64
风入松·眼前秋叶乱纷纷 …………………………………… 64
风入松·听雨 ………………………………………………… 65
风入松·自家乐园 …………………………………………… 65

第二十章　一斛珠 …………………………………………… 66
一斛珠·今年过半 …………………………………………… 66
一斛珠·李煜泪 ……………………………………………… 66
一斛珠·立秋 ………………………………………………… 67
一斛珠·大雪忆壮年 ………………………………………… 68

第二十一章　眼儿媚 ………………………………………… 69
眼儿媚·赏桃花 ……………………………………………… 69
眼儿媚·秋景 ………………………………………………… 70
眼儿媚·孤酒思绪 …………………………………………… 70
眼儿媚·母亲 ………………………………………………… 70
眼儿媚·柳絮·心思 ………………………………………… 71

第二十二章　虞美人 ………………………………………… 72
虞美人·怀故人（纪念毛泽东诞辰 125 周年） …………… 72
虞美人·看歌剧《浮士德的沉沦》有感 …………………… 72
虞美人·谒来青轩 …………………………………………… 73
虞美人·怀古·人生恨短 …………………………………… 73
虞美人·父恩永驻 …………………………………………… 74
虞美人·过年 ………………………………………………… 74

虞美人·读唐诗宋词怀古 ·············· 75
虞美人·听阿炳《二泉映月》原声带有感 ·············· 75

第二十三章　惜分飞 ·············· **76**

惜分飞·北京市府东迁 ·············· 76
惜分飞·花落 ·············· 76
惜分飞·今日寒露 ·············· 77
惜分飞·人 ·············· 77

第二十四章　谒金门 ·············· **78**

谒金门·思亲人 ·············· 78
谒金门·相思影 ·············· 78
谒金门·相思泪 ·············· 79
谒金门·夏至 ·············· 79

第二十五章　千秋岁 ·············· **80**

千秋岁·过十三陵 ·············· 80
千秋岁·重谒双清别墅 ·············· 80
千秋岁·赞海花岛 ·············· 81
千秋岁·秋思 ·············· 81
千秋岁·月全食 ·············· 81

第二十六章　青玉案 ·············· **83**

青玉案·狂风暴雨夜 ·············· 83
青玉案·闲心绪 ·············· 83
青玉案·元宵节感怀 ·············· 84
青玉案·看池塘柳 ·············· 84
青玉案·江南暴雨 ·············· 85
青玉案·秋尘暮 ·············· 85
青玉案·下元节·思母 ·············· 85
青玉案·往事如烟 ·············· 86
青玉案·夏雨 ·············· 86

第二十七章　长相思 ··············· 88

    长相思·寄校友在京聚会 ··············· 88
    长相思·腊八粥 ··············· 88
    长相思·暴雨 ··············· 88
    长相思·九级风 ··············· 89
    长相思·立秋 ··············· 89
    长相思·庐山美庐 ··············· 89
    长相思·少白头 ··············· 90
    长相思（四首） ··············· 90

第二十八章　踏莎行 ··············· 92

    踏莎行·枫叶红 ··············· 92
    踏莎行·塔銮 ··············· 92
    踏莎行·春分 ··············· 93
    踏莎行·赞全红婵十米跳台三跳满分夺冠 ··············· 93
    踏莎行·又新年 ··············· 94
    踏莎行 ··············· 94
    踏莎行·清明·春词 ··············· 94

第二十九章　玉楼春 ··············· 96

    玉楼春·为珩绮出生填贺词 ··············· 96
    玉楼春·寂寞嫦娥欲下凡 ··············· 96
    玉楼春·游颐和园随想 ··············· 97

第三十章　西江月 ··············· 98

    西江月·路 ··············· 98
    西江月·读苏东坡、辛弃疾同名词有感 ··············· 98

第三十一章　沁园春 ··············· 100

    沁园春·写在抗美援朝70周年 ··············· 100
    沁园春·有同事去监察委工作 ··············· 100
    沁园春·读海粟好友两首诗有感 ··············· 101
    沁园春·军人本色 ··············· 102

第三十二章 鹧鸪天 ... 103

鹧鸪天·立冬 ... 103
鹧鸪天·今霾与旧景 ... 103
鹧鸪天·军功章 ... 104
鹧鸪天·贺嫦娥五号挖月土归来 ... 104
鹧鸪天·月是故乡月 ... 105
鹧鸪天·寒食节 ... 105
鹧鸪天·忆毛泽东横渡长江 ... 106
鹧鸪天·思友人 ... 106

第三十三章 浣溪沙 ... 107

浣溪沙·思秋 ... 107
浣溪沙·初冬轻雨 ... 107
浣溪沙·悼吴孟超 ... 107
浣溪沙·生日 ... 108
浣溪沙·心系西安抗疫时 ... 108
浣溪沙·忆少年时的端午 ... 109

第三十四章 临江仙 ... 110

临江仙·中秋赏月 ... 110
临江仙·国庆70周年，读岳飞《满江红》《小重山》两首词有感 ... 110
临江仙·冬至人念念 ... 111
临江仙·武汉樱花开 ... 111
临江仙·小满忆姑苏城 ... 112
临江仙·小雪 ... 112
临江仙·咸宁公安 ... 113
临江仙·秋思 ... 113

第三十五章 南乡子 ... 114

南乡子·春雨 ... 114
南乡子·英雄志未酬 ... 114
南乡子·刮大风 ... 115

南乡子·寒露前游颐和园 ……………………………………………… 115
南乡子·元宵月愿 …………………………………………………… 116
南乡子·暮冬思绪 …………………………………………………… 116
南乡子·夏热 ………………………………………………………… 116

第三十六章　苏幕遮 …………………………………………… 118

苏幕遮·立春时 ……………………………………………………… 118
苏幕遮·大地回春 …………………………………………………… 118
苏幕遮·刮大风 ……………………………………………………… 119
苏幕遮·暴雨落中原 ………………………………………………… 119

第三十七章　画堂春 …………………………………………… 121

画堂春·春雨 ………………………………………………………… 121
画堂春·除夕邀友共醉 ……………………………………………… 121

第三十八章　鹊桥仙 …………………………………………… 123

鹊桥仙·文昌海边夜宿 ……………………………………………… 123
鹊桥仙·手机微信 …………………………………………………… 123
鹊桥仙·高考放榜时 ………………………………………………… 124
鹊桥仙·初冬大雪 …………………………………………………… 125
鹊桥仙·咏老 ………………………………………………………… 125

第三十九章　青门引 …………………………………………… 127

青门引·听雨看雪 …………………………………………………… 127
青门引·赞"问天"登上火星 ……………………………………… 127
青门引·高考 ………………………………………………………… 128
青门引·记汤加火山喷发 …………………………………………… 128

第四十章　生查子 ……………………………………………… 129

生查子·人生爱看春 ………………………………………………… 129
生查子·立夏 ………………………………………………………… 129
生查子·赞张桂梅 …………………………………………………… 129

第四十一章　清平乐 ······ **131**
清平乐·双节共庆 ······ 131
清平乐·谷雨 ······ 131

第四十二章　一剪梅 ······ **132**
一剪梅·人生感怀 ······ 132
一剪梅·连阴秋雨 ······ 132

第四十三章　钗头凤 ······ **133**
钗头凤·陆游与唐婉情思（三首） ······ 133

第四十四章　南歌子 ······ **135**
南歌子·七同学相聚 ······ 135
南歌子·寒流冷 ······ 135
南歌子·白露 ······ 136

第四十五章　念奴娇 ······ **137**
念奴娇·故宫行 ······ 137
念奴娇·登天安门有感 ······ 137
念奴娇·怀念周恩来 ······ 138
念奴娇·国庆随想 ······ 138
念奴娇·端午节想开去 ······ 139
念奴娇·抗美援朝胜利70周年 ······ 140
念奴娇·读王安石变法有感 ······ 140

第四十六章　摸鱼儿 ······ **142**
摸鱼儿·七夕节 ······ 142
摸鱼儿·赛龙舟·抛绣球·嫁娶 ······ 143
摸鱼儿·雨天驱车八达岭盘山路 ······ 143
摸鱼儿·过十三陵 ······ 144

第四十七章　浪淘沙 ······ **145**
浪淘沙·元宵节 ······ 145

浪淘沙·登山拾趣 …… 145
浪淘沙·夜思 …… 146
浪淘沙·寒露怀思 …… 146
浪淘沙·写在毛泽东诞辰129周年 …… 147

第四十八章　贺新郎 …… 148

贺新郎·看海粟友知青老照片有感（入声韵）…… 148
贺新郎·由南宋王朝想开去 …… 148
贺新郎·今冬初雪 …… 149

第四十九章　酒泉子 …… 150

酒泉子·记七夕男女一景 …… 150
酒泉子·霜降 …… 150

第五十章　祝英台近 …… 151

祝英台近·秋思 …… 151
祝英台近·望月 …… 151

第五十一章　桂枝香 …… 153

桂枝香·入伏闷热遇雨 …… 153
桂枝香·盼雨 …… 153

第五十二章　武陵春 …… 155

武陵春·中秋思绪 …… 155
武陵春·月季花开 …… 155
武陵春·霾天洗花枝 …… 156
武陵春·陕北酸曲 …… 156

第五十三章　醉花间 …… 157

醉花间·秋分夜 …… 157
醉花间·花与人 …… 157

第五十四章　定风波 … 158

　　定风波·离武汉回家 … 158
　　定风波·春雨和花 … 158
　　定风波·山涧游兴 … 159

第五十五章　水龙吟 … 160

　　水龙吟·赏玉兰花 … 160
　　水龙吟·忆儿时吃粽子 … 160
　　水龙吟·人生的价值 … 161

第五十六章　太常引 … 163

　　太常引·男儿的思念 … 163
　　太常引·昆明二月雪 … 163
　　太常引·明前飞雪 … 164

第五十七章　采莲令 … 165

　　采莲令·党的伟业 … 165
　　采莲令·秋转冬 … 166

第五十八章　误佳期 … 167

　　误佳期·秋雨 … 167
　　误佳期·盼雪 … 167

第五十九章　行路难 … 168

　　行路难·回首 … 168
　　行路难·多少事，留无计 … 169

第六十章　八声甘州 … 170

　　八声甘州·夏雨绵绵 … 170
　　八声甘州·秋与人 … 170
　　八声甘州·年交随想 … 171
　　八声甘州·古今英雄知何处 … 171
　　八声甘州·忆常州 … 172

第六十一章　满江红 ·········· 173
满江红·纪念反法西斯战争胜利70周年 ·········· 173
满江红·写在圆明园被烧161周年 ·········· 173
满江红·西望伊犁 ·········· 174
满江红·华为（兼贺国庆） ·········· 175

第六十二章　潇湘曲 ·········· 176
潇湘曲·父亲节 ·········· 176
潇湘曲·重阳 ·········· 176
潇湘曲·雪 ·········· 177

第六十三章　声声慢 ·········· 178
声声慢·秋雨 ·········· 178
声声慢·雪景 ·········· 178

第六十四章　高阳台 ·········· 180
高阳台·游南鹅湖记 ·········· 180
高阳台·春游 ·········· 180
高阳台·悼念《时尚》杂志创始人刘江先生 ·········· 181

第六十五章　一丛花 ·········· 182
一丛花·怀旧 ·········· 182
一丛花·暴雨洪水 ·········· 182

第六十六章　减字木兰花 ·········· 184
减字木兰花·八一建军节（二首） ·········· 184
减字木兰花·喜鹊筑巢又生子 ·········· 184

第六十七章　锦帐春 ·········· 186
锦帐春·盛夏百态 ·········· 186
锦帐春·春色难留 ·········· 186

第六十八章　雨霖铃 ·················· **188**
- 雨霖铃·送别 ·················· 188
- 雨霖铃·中秋追月 ·················· 188

第六十九章　梧桐影 ·················· **190**
- 梧桐影·建党日感怀 ·················· 190
- 梧桐影·思人 ·················· 190
- 梧桐影·零星雪 ·················· 190

第七十章　荷叶杯 ·················· **192**
- 荷叶杯·家门口又多了两只小野猫 ·················· 192
- 荷叶杯·雨中丽人行 ·················· 192

第七十一章　御街行 ·················· **194**
- 御街行·初雪 ·················· 194
- 御街行·怀古人 ·················· 194

第七十二章　夜游宫 ·················· **196**
- 夜游宫·炎日盼雨 ·················· 196
- 夜游宫·月季花开 ·················· 196

第七十三章　昭君怨 ·················· **198**
- 昭君怨·燕赵半年不雨 ·················· 198
- 昭君怨·春半 ·················· 198

第七十四章　天仙子 ·················· **199**
- 天仙子·清明祭 ·················· 199
- 天仙子·听贝多芬古典乐曲 ·················· 199
- 天仙子·望月 ·················· 200

第七十五章　暗香 ·················· **201**
- 暗香·回赠王奕諝同名词 ·················· 201
- 暗香·晚风 ·················· 202

暗香·唐后主李煜 ·················· 202

第七十六章　汉宫春 ·················· 203
汉宫春·探春 ·················· 203
汉宫春·春归来 ·················· 203

第七十七章　忆秦娥 ·················· 205
忆秦娥·人间泪 ·················· 205
忆秦娥·寒窗 ·················· 205
忆秦娥·今晨雪（入声） ·················· 205

第七十八章　如梦令 ·················· 207
如梦令·看花 ·················· 207
如梦令·熬夏 ·················· 207

第七十九章　锦缠道 ·················· 209
锦缠道·少小过年 ·················· 209
锦缠道·赏秋雨情绪 ·················· 209

第八十章　烛影摇红 ·················· 211
烛影摇红·游白雪和广习瀑布有感（老挝琅勃拉邦省游记） ·················· 211
烛影摇红·赞谷爱凌 ·················· 212
烛影摇红·雪 ·················· 212

第八十一章　醉落魄 ·················· 213
醉落魄·人生万种 ·················· 213

第八十二章　四字令 ·················· 214
四字令·清晨倚床 ·················· 214
四字令·热 ·················· 214

第八十三章　相见欢 ·················· 215
相见欢·春来春去 ·················· 215

相见欢·春红谢了 ·· 215

第八十四章　菩萨蛮 ·· **216**
　　菩萨蛮·烟台飞雪 ·· 216
　　菩萨蛮·忆初心 ·· 216

第八十五章　薄幸 ·· **218**
　　薄幸·春暮 ·· 218
　　薄幸·秋韵 ·· 219

第八十六章　蝴蝶儿 ·· **220**
　　蝴蝶儿·女人花 ·· 220
　　蝴蝶儿·雨珠帘 ·· 220

第八十七章　月上海棠 ·· **221**
　　月上海棠·寒门学子 ·· 221
　　月上海棠·一岁过 ·· 221

第八十八章　凤凰台上忆吹箫 ·· **223**
　　凤凰台上忆吹箫·春情·弄玉吹箫 ···································· 223
　　凤凰台上忆吹箫·忆人生 ·· 224

第八十九章 ·· **225**
　　解佩令·端午游雁栖湖 ·· 225
　　南柯子·雷雨天 ·· 225
　　唐多令·端午节 ·· 226
　　甘草子·秋暮 ·· 226
　　金缕衣·初雪怀旧 ·· 227
　　诉衷情·和毛泽东词一首 ·· 227
　　春光好·立春过后是元宵 ·· 228
　　思帝乡·春游 ·· 228
　　洞仙歌·此生一梦 ·· 228
　　兰陵王·重登蟒山 ·· 229

夜行船·人生重写	230
定风波漫·"七七事变"80周年有感	230
望江南·触景生情（访老挝拉绍县）	231
一叶落·纪念毛泽东诞辰124周年	231
锁窗寒·燕北今冬无雪	231
贺圣朝·春寒游园时	232
惜芳菲·迎春花开	232
台城路·寻燕昭王黄金台	233
天净沙·雨天	233
凭栏人·入伏天	234
燕归梁·起早晨景	234
桂殿秋·一年一度又入冬	234
永遇乐·怀古	235
河传·一岁流水不复回	235
瑞鹧鸪·护士节	236
一七令·立夏	236
秋蕊香·春色年年	237
锁阳台·庚子清明节祭	237
秋夜雨·秋思	238
石州慢·世纪轮回	238
一寸花令·别了2020年	239
昼夜乐·忆别	239
阳台梦·小寒、喜鹊与人	240
孤雁儿·流年一生许	240
广寒秋·记武汉的狂风暴雨	241
忆少年·写在六一儿童节	241
酷相思·端午吃粽子	241
望海潮·百年巨变	242
桃源忆故人·二伏和大暑时分杂谈	243
破阵子·军人本色	243
春风袅娜·处暑赏秋景	244
卖花声·由七夕节想开去	244
十六字令·秋（三首）	245

月上瓜舟·观云赏景　245
燕山亭·秋景　245
甘州曲·葡萄牙痛失四强，为C罗惋惜　246
垂杨碧·春月雪　246
绮罗香·古树雪影　247
阳关曲·小年　247
重叠金·五月怀思　247
千秋索·种菜　248
水仙子·回首　248
秦楼月·人生路　249
万年枝·雨后冷　249

第九十章　诗集　**250**

咏月　250
寒衣节　251
人生　251
冬至　251
今日立春　252
赞冬奥开幕　252
游十三陵水库景区（四首）　253
龙抬头　254
初春雨·周末西郊行　254
京城三月雪　254
今日春分　255
清明祭·怀古　255
清晨雨　256
神舟飞天　256
谷雨　256
国际劳动节　257
蝴蝶飞　257
七律·献给建党百年庆典　258
成都沙河（看到同学沙河休闲视频有感）　258
一声炸雷　258

杏未熟	259
父亲节	259
夏至闷热	260
墙角一枝花	260
不忘初心	260
逛昌平奥特莱斯名品店	261
无题（三首）	262
紫竹院揽翠亭	263
立冬日即景	263
品茶	264
热	264
初伏	265
头伏	265
雨后云中人	265
白莲花	266
回首2012年7月21日北京暴雨	266
暴雨	267
步韵和·陈杰平·洪大为（少时村里放电影）	267
晨练细雨	268
二伏第一天	268
永定桥	268
立秋	269
扶秋蝉	270
长安乐游原和大雁塔	270
天冷	271
三炷香峰	271
醒世	271
雪	272
看足球世界杯	272
看阿根廷与荷兰足球大战	273
纪念钱学森诞辰111周年	273
跑步	274
由世界杯足球冠军想开去	274

看病	275
冬至吃饺子	275
生日	276
理发	276
腊八粥的来历	277
梅花	277
小寒	277
周恩来逝世47周年纪念	278
三节相连	278
迎兔年	279
守岁	279
盼归	280
回娘家	280
赠晓川兄	281
正月初三	281
正月初五	282
盛唐过年时	282
癸卯过年时	282
春来早	283
父辈	283
正气	284
北京惊蛰天	284
昨夜回京	284
青年节·有所思	285
由淄博烧烤想开去	285
大唐	286
大唐盛世	286
春暖花开·芒种（步倪健民《芒种》韵）	287
苔米	288
为友陇西民歌词	288
出游人	290
思乡	290
寒露	290

老了	291
秋雨	291
重阳节	292
打狗	292
无题	293
听说西安打雷下雪	293
初雪	293
医不起	294
大雪	294
连日雪	295
无题	295
回乡	296
冬至	296
山东大雪	297
西湖飞雪	297
大雁	297
离新年钟声不到八小时	298

第一章 玉蝴蝶

玉蝴蝶·秋雨

窗外雨横云迫,打荷声处,一眼秋光。沐林风寒,早晚日渐清凉。看残红、色余争艳,观霜叶、疏影金黄。雨朦胧,小街斜巷,烟露茫茫。

才刚。珠帘①乍泻,倚栏听雨,瑟瑟悠扬。诗话绵绵,惹人含醉欲高亢。念知音、望穿秋水,思故友、数度还乡。更哪堪,少年追雨,湿透衣裳。

【注释】
① "珠帘"指雨帘。

【说明】
进入10月,北京多雨,我喜欢看秋雨,爱听雨打荷声,更惜残红,怜霜叶。在这样的情景下,念知音、思故友、怀故乡、忆童心,特填《玉蝴蝶·秋雨》。

作于2016年10月15日

玉蝴蝶·吾生多绪

吾老,不由多绪,日高风软,人在凭栏。(前边)庄户萧疏，望穿难见炊烟。叹相识、匆匆聚散，日月转、往事斑斓。更情伤，故人何在？忆起翻澜。

难忘，小桥流水，莺歌燕语，蜜意经年。（而今）举酒当垆，与世无争是清欢。看喜鹊、飞来飞去，月黄昏、灯火阑珊。常念我，少年憧憬，万里乡关。

【说明】

2022年春节过完了。但今年正月十五没有看到花灯，也没有听到鞭炮声。忆起少年时候，每逢正月十五炮声震天，我们走街串巷，要闹一晚上的秧歌，像个欢快的牛犊。因诸多原因（如疫情），今年的春节到正月十五，乡村静悄悄的，晨曦中更难见炊烟袅袅（改用电气烧饭），顿时忆起古人吟乡村美的诗情画意，不由多绪，怀旧起来，特填《玉蝴蝶·吾生多绪》以咏怀。

作于2022年2月19日

第二章　解语花

解语花·别离震庄①三十年忆赵苍璧②前辈

风消岁月，雨抹英年，别影乾楼下。旧亭新瓦。音尘散、犹忆赵公③烛话。雄才大雅。掏赤胆、名垂政法。池园在、人已参差，我又添白发。

途路纵横驰马，望长空千里，鸿志翔飒。江山如画。依稀处、似有梦魂随沙。流光是也，唯只有、怀情难压。孤对窗、温故知新，转眼三十眨。

【注释】
①"震庄"指昆明震庄宾馆。②"赵公"指赵苍璧，20世纪70年代至80年代曾任中共中央委员、中央顾问委员会委员、公安部部长，我是他的秘书。

【说明】
30年前我随赵苍璧下榻此楼，现在楼池依旧，却物是人非，时隔30年，故地重游，怀情填词一首，怀念我的老领导赵苍璧。

作于2015年11月14日

解语花·逛红螺寺庙会

一街彩凤，六路虹明，万簇红缨蹈。倚桥斜眺，颜如玉、两两三三窈窕。店铺幡绕。人涌动、商生喊叫。当此时、鼓乐齐鸣，舞狮迎春啸。

满殿轻声念祷，看众生游处，袅烟香庙。寄托祥兆。缘分客、拜跪求佛问道。洪钟古老，那头却、梅开正俏。一片林、轻雨摇竹，甘露湿衣帽。

【说明】

2016年2月12日（正月初五）逛怀柔红螺寺庙会，恰遇下雨，实属少有的奇缘，兴奋之际，触景生情，便吟《解语花·逛红螺寺庙会》，以作留念。

作于2016年2月12日

解语花·春节感怀

金鸡报晓，丹凤朝阳，祥瑞除夕夜。满城欢乐。浓情处、巷市景观琼砌。霓虹闪晔。持酒饮、宴终难别。当此时、灯影摇红，舞醉梅花雪。

少小盼年雀跃，看千门如昼，笑逐游冶。一钩新月。心相许、付与路遥基业。流光是也，唯那个、壮怀热血。长忆得、沉梦依稀，人道真如铁。

【说明】

2017鸡年钟声响彻，辞旧迎新，不同年龄阶段会有不同过年情结。正是"少年不识愁滋味，老来回味千千结"。特作词《解语花·春节感怀》。

作于2017年1月27日（除夕夜）

第三章 醉太平

醉太平·九九重阳

流年梦萦，眉长①忆童。像丹枫映云虹，写春秋画屏。情高意浓，心思任凭。醉天间月和星，看夕阳又红。

【注释】
① "眉长"指寿眉，特指长者、老翁。

作于 1995 年 11 月 21 日

醉太平·登秋山

意浓心远，眉花醉眼。登上西山又身懒①，倚亭红叶染。
东风花树秋时看，清幽谷里游人满。绕过层云高处瞰，共怀一画卷。

【注释】
① "又身懒"意指舍不得离开，也可以理解为累了。

【说明】
年年看红叶，有时上山顶，有时到半山半亭边，情怀满满。前天风和日丽，爬香山后山至半山。

醉太平·怀古

秦唐①不复，明清②落幕。古桥明月千秋路，载风云无数。
年年岁岁人归处，旧游台榭添新树。落花流水约难驻，却离愁如故。

【注释】
①"秦唐"指秦朝和唐朝。②"明清"指明朝和清朝。

醉太平·小寒·忆少年

窗前月明，眉峰梦蒙。小寒楼外风声。又怀思不宁。思来数重，魂牵更浓。少年长在多情，却难回鬓青。

【说明】
今日小寒，写一首少年暗恋的词。我想许多少男少女都有过自己的梦中人。

作于 2022 年 1 月 5 日

第四章　忆王孙

忆王孙·春

雪消风软嫩芽伸，玉树毛桃逐日新。顾盼花开一寸心。遇知音，邀醉东风留驻村。

忆王孙·冬至思乡

冬至过后日初长，独倚高楼又望乡。游子相思梦断肠。欲飞翔，鬓雪多于瓦上霜。

忆王孙·知了声

高音知了唱黄昏，树下痴人闭目闻。挥手蝉飞断续声。送一程，明日何时为我吟？

【说明】
饭后散步，知了唱鸣，听者入心，如琴似筝。

忆王孙·今日中午晒太阳

风和日丽卧摇床，秋果菊花满院香。柿子石榴枣树旁。午休长，睡梦如云回故乡。

忆王孙·霜降

远山秋晚月中人，霜降来时入醉魂。立在枫林红叶村。遇知音，满目菊花风作琴。

忆王孙·送灶爷取仙丹

忽思腊月二十三，灶马[①]飞天诉下凡[②]。庚子人间泪不干。疫魔缠，问取仙丹好过年。

【注释】
① "灶马"即灶王、灶君。我的家乡称为"灶马爷"。② "诉下凡"即灶马爷关于人间的述职报告。相传灶马爷腊月二十三要去天宫向玉皇大帝述职，报告人间过去一年的善恶是非、苦难灾情，请天上诸神来年为人间辟邪除灾、迎祥纳福。所以我国至今流传"祭灶节"过小年的习俗。

忆王孙·惊蛰

鸣春布谷绕林飞，雷震惊蛰暖气吹。满目东湖[①]二月梅。不思归，一步别离两步回。

【注释】
① "东湖"指北京西山东边的玉渊潭。其实我更爱看此时武汉东湖盛开的梅花，有一年，行至武汉大学，真有"人入梅花林，醉倒也甘心"之深情。

第五章　卜算子

卜算子·祭后雨

七十年诰祭，化作倾盆雨。三千五百万英灵，天上人间泣。
家破任欺辱，国盛添丰羽。若到万众人心齐，外虏何所惧？

【说明】

2015年是纪念抗战胜利70周年。在天之灵的3500万英烈，大雨倾盆，连落两日（在京冀实属稀有），这使他们得以告慰，喜泪纵横，特填《卜算子·祭后雨》。

作于2015年9月5日

卜算子·盼雪

今岁过春节，依旧无飞雪。去岁京城见雪时，琼树开、梅花冶。

赏雪最相宜，恰在吟哦①阙②。冷艳寒风对面来，似铁剪、眉泉③冽。

【注释】

①"吟哦"指吟诗作词。②"阙"指宫殿的楼台。此句指站在高台上吟雪景。③"眉

泉"指眉眼，即容貌。

作于 2017 年 1 月 30 日

卜算子·春归处

五月絮绒飞，小院春归处。满目树枝倚嫩珠①，百变风流舞。

岁月把人催，莫怨春虚度。别语如初寄雁无，又念同心路。

【注释】

① "嫩珠"指幼果。该句意思是，春归后，树上的果实一天一个样地成长，她们各自百变而风流地舞蹈着。

作于 2017 年 4 月 30 日

卜算子·听雨

深院花淋漓，滴翠声声碎。独坐风怀半亩园，听雨催人醉。鬓已星星稀，依旧柔肠岁。读到蒋捷断雁时，和雨天明泪。

【说明】

昨晨雨，滴到夜。闲来独倚风怀听雨声，耳旁响起宋代诗人蒋捷的《虞美人·听雨》，不由得使人和雨怀古，柔肠万段。

附：

虞美人·听雨
宋　蒋捷

少年听雨歌楼上，红烛昏罗帐。壮年听雨客舟中，江阔云低、断雁叫西风。

而今听雨僧庐下，鬓已星星也。悲欢离合总无情，一任阶前、点滴到天明。

作于 2018 年 4 月 22 日

卜算子·梦雪

腊月烈风切,不落梨花影。欲使平生千重意,化作鹅毛景。梦见雪纷纷,洒满一身醒。听到江南雪打门,好个相思病。

【说明】
今年腊月只剩几天了,北京却一点雪都没下,由此想开去……

作于 2019 年 1 月 28 日

卜算子·建党日感怀

立党在南湖,建业梧桐影[①]。一代英雄起四方,唯有初心梦。

世界不太平,欲静妖风动。纵使天灾又鬼神,威武长城颂。

【注释】
① "梧桐影"喻党的事业是"栽下梧桐树,引得凤凰来"。

【说明】
2020 年是中国共产党建党 99 周年。

作于 2020 年 7 月 1 日

卜算子·小雨加雪

似雨眼前白,似雪眉间水。天上人间总是迷,雪雨天仙配。燕子不回归,怕没春滋味。小院东风早已春,我正和春醉。

【说明】
京西小雨加雪,小院阴阴雨,不见燕子归。

卜算子·踏青

春日草青青，春暖寻花径。绮丽千姿色渐浓，人醉香熏醒。转眼复年轮，绿树莺啼景。竹杖轻摇去踏青，怕月移花影。

【说明】
又是一年清明节。

卜算子·重阳节

九月九重阳，秋影长难忘。健步登高看艳霜，红叶千层浪。今古共辞青①，醉舞迭阆伉②。未尽仙源何处寻，云落枫林上。

【注释】
①"辞青"出自清代潘荣陛《帝京岁时纪胜·九月·辞青》："都人结伴呼从，于西山一带看红叶，或于汤泉坐汤，谓菊花水可以却疾。又有治肴携酎，于各门郊外痛饮终日，谓之'辞青'。"②"醉舞迭阆伉"出自宋代苏舜钦《及第后与同年宴李丞相宅》："狂歌互喧传，醉舞迭阆伉。""阆伉"即走路不稳，醉酒的样子。

【说明】
从古至今，年年重阳，今又重阳，不由得起念更思量。

作于 2021 年 10 月 14 日

第六章　水调歌头

水调歌头·和苏轼·明月几时有

明月照高柳，柳月水中游。子瞻①一问今古，千载梦悠悠。情种乘云欲往，天路遥思惆怅，借酒共消愁。宫阙有清影，娥媚弄轻柔。

月如故，照绮户，绕人幽。倚窗仰望，诗圣何处过中秋？人有悲欢离合，月有阴晴圆缺，每每在心头。吟得太白②问，对月醉无忧。

【注释】
①"子瞻"即苏轼。②"太白"即李白。

【说明】
苏轼的"明月几时有"的灵感来自李白"一问之"，这诗词古往今来醉倒了多少情种。后有千千万万高手也作"问月诗"，但很难超越李白、苏轼诗词之深奥和优美。

作于1995年8月16日

水调歌头·望月

今古共明月，经照往来人。圆缺只缘相许，怎不恋红尘？

阅尽苍生迹绪，又是出帘如玉，岁岁银盘新。云间舞清影，点亮到明晨。

醉仙①酒，苏轼问，煜②词沉。浩博气荡，惊世佳处断肠琴。夜静垂青欲寄，遥向嫦娥探语，天上有知音？对影怀樽满，梦驻桂花村。

【注释】
①"醉仙"指李白。②"煜"指唐后主李煜。

【说明】
古往今来，赞月、愁月、怨月、恨月、怀月、寄月、望月之词不胜枚举，后人无不神往。我，月迷难晓，料知薄才，性情之中，也班门弄斧，随他去了！

作于 2015 年盛夏

水调歌头·一夜雨

久旱盼甘露，渴望雨连天。不知天上仙境，池水也涸干？我欲飞云宫阙，问帝邀得玉液，高处洒桑田。风起闪雷电，万里雨潺潺。

刹那时，一夜雨，水成滩。禾苗更喜，如饥似渴饮甘泉。鱼跃人欢涛烈，气爽烟腾绿叶，此景在人间。雨过天晴日，碧彩映珠帘。

【说明】
昨夜久旱逢暴雨，喜极听雨唱，夜半看到张恩勤的《水调歌头·酷暑吟》，不由得词从心愿，顺和一首《水调歌头·一夜雨》，与君共淋甘露解酷暑。

作于 2017 年 6 月 23 日

水调歌头·今时月

苏轼问明月，恰似在天间。古今多少思绪，长是对无眠。

记得太白邀醉，玉兔桂花娥媚，遥想弄七弦①。托梦向圆缺，憧憬满银盘。

射火箭，飞月背②，是今年。吴刚砍树，何恨连草也拔完？不见嫦娥宫殿，没有琼楼舞艳，冷落酒中仙。往后人追月，李杜料难全。

【注释】

① "七弦"琴弦，指七情六欲。② "飞月背"指嫦娥四号实现人类首次月背软着陆。

【说明】

古人对月亮的赞美，数千年来让无数人寄托着心梦。自从人类登月以来，传回的月貌，让人难以印证古诗词中月亮的美。传说中的桂树、玉兔、吴刚、嫦娥、宫阙是迁徙到其他地方了吗？由此想开去。

作于 2018 年 1 月 15 日

水调歌头·春愿

竞艳迷人处，燕舞万花洲。遍寻春丽千度，娇面向人羞。崔护①他年归去，空有相思心语。今色正香幽，莫负此一遇，妩媚笑枝头。

路漫漫，鬓丝乱，岁月稠。不应怀旧，万事匆匆水东流。多少蜂蝶客过，还有花间老叟。心字怎生钩？举目星星雨，纵我更悠悠②。

【注释】

① "崔护"是唐代诗人，他最有名的诗是《题都城南庄》："去年今日此门中，人面桃花相映红。人面不知何处去，桃花依旧笑春风。" ② "纵我更悠悠"意为"悠悠我思"，表达我对春的留恋。

【说明】

我以为崔护诗是赏花的最佳意境，所以年年春来，我会边咏此诗边赏景，确实别有一番滋味在心头。

作于 2023 年 4 月 2 日

第七章　醉花阴

醉花阴·雷雨闲趣

昨夜雷音催梦醒，雨恼倾江涌。万树翠滴声，交响帘中、枕在凉风境。

清晨起早听鸪咏，薄雾浓云景。西岭①更销魂，半卷烟花、半雨幽亭静。

【注释】
① "西岭"指西山。
【说明】
凌晨4点左右，电闪雷鸣，雨倾如瓢泼。惊醒听雨，天亮倚六角亭，观山景、闻啼鸟。

作于 2017 年 7 月 4 日

醉花阴·重游黄山

日照黄山西海底，翠色向天举。薄雾浪花开，香满襟怀、仙女琴声起。

记得和友阶前雨，萦绕千丝缕。登顶更销魂，湿透衣衫、却把祥云倚。

【说明】

今年五一假日，我重登黄山，恰遇阳光普照，美丽的西海景区一眼能看到底，各种山花香气袭人。这时看到一位导游指着前方说："山那头正有仙女在弹琴。"我不由得举目寻去，找到形似仙女和琴台的石垒，令人浮想联翩。忽又记起上一次与好友登黄山，值烟雨天气，雨中登上玉皇顶，极目远眺，雨入森林声涛涌，云绕人醉不醒，令神仙也销魂啊！两次登黄山，一晴一雨，不同景色，不同心境。

作于 2018 年 4 月 30 日

醉花阴·数九燕京又无雪

刺骨寒号迎面烈，滴水晶珠砌。数九北风吹，荒野愁云、不见鹅毛雪。

羊汤借酒窗前月，对影词一阕。舞曲人销魂，夜半时分、梦睡衾中雪。

【说明】

昨天北京白天-7℃，寒风凛冽，见者无不叫冷，况且入冬以来北京至今不见雪，少有。又见山东李女士发来烟台雪舞海潮景色，壮观。引人念雪吟词入梦。

作于 2018 年 12 月 28 日

醉花阴·别离

月满西楼一梦醒，夜静春含冷。二月剪刀风，恣意敲窗、不似相思影。

别离去岁秋凉景，转眼开花杏。日暮自归庐，帘卷巢空、对酒独酌净。

【说明】

老伴在远方帮女儿带外孙快半年了,冬去春来,还是我独自归家守屋。

作于 2019 年 3 月 12 日

醉花阴·滚滚寒流来

滚滚寒流风剪铁,刺骨三分裂。枯树冻凄凄,雪下江南、江北来清月。

窗前把酒杯杯烈,顿起一腔血。怕冷醉销魂,更忆平生、远在星星也。

【说明】

昨天是入冬以来最冷的一天,一出门,寒风猎猎,抓人脸,手指伸出怕冻断。匆匆回庐靠酒暖,几杯下肚,敲板击节词一阕。

作于 2020 年 12 月 30 日

醉花阴·无客是清欢

日月如梭停不住,起落无重数。来去又重阳,万里秋风,烟雨催人暮。

蓦然回首斜阳树,一样林荫处。无客是清欢,世外幽幽,陶谢[①]田园户。

【注释】

① "陶谢"指东晋山水田园诗人陶渊明和南朝宋文学家谢灵运。

【说明】

以同样心境,坐拥世外田园一片,诵读陶谢诗句,悠然自得!

陶渊明《饮酒·其五》:"采菊东篱下,悠然见南山。山气日夕佳,飞鸟相与还。"谢灵运《过白岸亭诗》:"近涧涓密石,远山映疏木。空翠难强名,渔钓易为曲。"

我读着读着,心如陶谢,遂填上一首《醉花阴·无客是清欢》以抒怀。

作于 2023 年 11 月 22 日

第八章　忆江南

忆江南·大年初一

元日早,庭院落红缨①。推窗乡音千里共,开门歌舞万家同。能不好春风?

【注释】
① "红缨"指一夜烟花爆竹落红满地。

作于 2016 年 2 月 8 日

忆江南·过年

辞旧岁,新月柳眉生。远看城楼虹影织,近听街市宴歌声。年夜正春风。

作于 2016 年 2 月 9 日

忆江南·年过了

年过了!离别泪湿衫。老母村头愁路远,儿行万里母心拴。回望已隔山。

年过了！岁数梦如帆。还似少时窗上月，阴晴飞度照鬓残。孤影倚栏杆。

【说明】

忆起19岁离开家，在异乡几十年，难得几次过年回家探母，有一年正月初五以后，要返回工作岗位时，母亲送儿一程又一程，她老人家泪如雨下。如今儿也老了，客居异乡过年，不由得思念已故父母。

作于2017年2月4日

忆江南·国庆节忆往昔

长忆那，国破遍哀鸿。朝野散沙难尽说，人民一统舞东风。齐唱太阳升。

【说明】

1949年10月1日，毛泽东在天安门城楼上向全世界宣告："中华人民共和国中央人民政府，今天成立了！"中国人民从此站起来了。这是一代仁人志士抛头颅、洒热血换来的，是他们一洗华夏百年耻辱，才有了我们今天的好日子。

作于2017年10月1日

忆江南·静享时分

深院静，静在梦魂中。还似愤青言不尽，春风得意气如龙。对镜鬓丝重。

【说明】

国庆长假，独坐院中品茶吟诗。

作于2017年10月3日

忆江南·京西雨

京西雨,天上满珠帘。云似轻烟千絮雪,山川碧水绿茵间。燕赵①赛江南。

阴雨过,斜日彩虹弯。一对蝴蝶飞小苑,又邀莲朵舞翩跹。人欲醉成仙。

【注释】
① "燕赵"代指河北、北京一带。

【说明】
昨天(7月29日),雷雨转连阴雨,把连日高温一扫而光,下午西边微晴,人在凉爽中入景、入画、入情、入诗。

作于2018年7月30日

忆江南·读司马迁《史记》想开去

多少代,人去春秋。荒草土丘埋正史,惊涛不住锁风流。几个有回头?!

【说明】
三皇五帝夏商周,秦汉唐宋元明清,现代百年,却是各领风骚二三时。我也曾为理想奋斗过。如今人约黄昏后,一切都要放下,莫替古人惜,莫为后人愁,种好自己的"桃花源"(陶渊明《桃花源记》),读读史书,发发感想。

作于2019年2月22日

忆江南·立春在除夕夜

春来早,今夜正东风。还是除夕人守岁,余寒未尽燕归程。元日万家红。

【说明】

大年三十又遇立春，古称"谢交春"，是阴阳相接的好事，人生难得一遇。下一个"谢交春"在2057年2月3日，可见今日之宝贵。

作于2020年1月24日

忆江南·一场雪

一场雪，昨夜梦魂中。惊起推窗忙探看，白纱流韵舞帘东。润物细无声。

【说明】

半月前，全国各地除北京无雪外，到处都在下雪，急得我把山东的雪借来写生。今天一睁眼，看到白雪挂树梢，门前飞花，喜出望外。

作于2021年1月18日

忆江南·立春早

春来早，明日闹元宵。还似梅花直盼雪，风轻已到柳疏条。玉蕾[①]朵儿娇。

【注释】

① "玉蕾"指玉兰树的花骨朵。

【说明】

今天立春，去冬至今，京郊无大雪。

作于2023年2月4日

第九章　江城子

江城子·踏青

清明不见雨纷纷。踏青人，遍溪林。满目桃红、为我吐芳芬。曲径廊桥今又是，花弄影，欲销魂。

香凝细柳绿芽新。小楼春，李家村①。旗酒招摇②、迎客起琴音。店女纤腰堂上燕，忙问取，语青禽③。

【注释】

①"李家村"指北京昌平南口镇东的李村。②"旗酒招摇"指饭馆的招牌醒目。古代客栈一般都会在幡子上写个醒目的"酒"字。③"青禽"指青鸟。传说是西王母身边的信使，这里比喻饭馆迎客女郎如美丽使者一般。清代朱彝尊在《庆春泽》中有"倩何人、传语青禽"句。

作于1995年4月5日

江城子·月季花

星罗倚翠满篱墙。抹浓妆，夜来香。琼姿艳舞、邀月弄霓裳。纵意七情抛妩媚，才零落，又新装。

观花最爱雨茫茫。手攀枝，欲断肠。乱红堆砌、催我梦他乡。自古英雄多过往，身是客，泪千行。

【说明】

北京遍地月季花正开，恰到观赏好时节，公园围墙栅栏边，道路两旁，繁华锦簇，万姿尽染。性情中人甚感。然，念故人今不能攀花而泪下！

作于 2015 年 5 月 17 日

江城子·忆江南工作的日子

京西巷陌又冬寒，炉樽前，忆相欢。共话千般、邀月醉栏杆。奋励知己今在处，吴歌软，舞翩跹。

姑苏影像久别缘，水涓涓，好缠牵。犹记太湖、翠径绕孤帆。耳饮琵琶弦未老，转回肠，已苍髯。

【说明】

人老怀旧。上阕写今冬约江苏故友在京相聚，忆起在江南工作的日子，那时壮志凌云，更让人思恋吴语软、吴歌柔、吴人舞的情景。下阕写久别江苏的心情，以至于人虽老了，但是再听苏乐琵琶声时，依然回肠九转。

作于 2015 年 12 月 8 日

江城子·感怀

东风过后细思量。少年狂，鬓添霜。人生太短、短得好匆忙。常向月残寻故里，和梦住，泪千行。

寒门苦路读华章。夜茫茫，又何妨。历经坎坷、哪怕马蹄僵。逝水流年孤对月，多少事，几回肠！

【说明】

人生路漫漫，天涯怀故乡；曾是奋蹄驹，流年几回肠；闲来思不尽，对月话凄凉。

作于 2016 年夏日末伏初夜

江城子·宠犬多多离世

十年伴我绕膝行。训无争,斥更忠。眼帘含笑、读懂主人容。摇尾投怀说难够,多少爱,在心中。

送出迎晚守门庭。有熟声,舞姿疯。翘眉相顾、似又久重逢。谁料今晨断肠处,留不住,转头空。

【说明】

我养了10年的金毛犬多多一病不起,今晨永远地离开了我们。它是一条性情温柔的忠犬,早上和晚上我都要带它出门散步。它能处处表达对主人的爱,更能读懂我的每一个表情和肢体语言,每天早上要把我送到大门外,晚上不管我多晚回去,它都会期盼地守在门口,每天都要上演"久别重逢"的戏码。因为有它,我每天都很快乐。遗憾的是,从今以后再也不会有它陪伴,使我快乐了,回想起来,催人一阵伤心滋味在喉头!

作于 2017 年 8 月 2 日

江城子·悼亡灵

人生恨短各东西,不珍惜,是别离。回头往事,无处樽前歌。更使白发空对镜,纹满面,念相依。

那时遥路话投机,比寒梅,敬松威。凌云壮志,奋励树红旗。忽报死活难再聚,夺泪雨,恸惊雷。

【说明】

一月之内,光才同学、玉祥同学、建伟同事、丙午领导 4 人相继离世,其中 3 位 60 出头,一位 80 有余。这真是,生死两茫茫,无处话凄凉;泪作倾盆雨,霹雳恸惊雷。

作于 2017 年 12 月 4 日

江城子·过年

　　星移斗转又一年，换楹联，似从前。犹记儿时、庭院少狂欢。母举灯笼和我舞，今不见，在天间。
　　琼花玉树爆竹燃，笑声甜，是孙男。醉眼还童、放纵绕他玩。遥念除夕千里远，微信寄，把人牵。

【说明】

　　每逢除夕，就忆起儿时，父母举着小灯笼，在庭院火塔塔（陕北瓦窑堡语，过年家家户户门前点燃的炭火堆）旁逗儿开心守岁，情景似在眼前。

　　如今转眼增岁，听到孙子的欢声笑语，不由得自己也手舞足蹈起来。

　　忽又牵挂着远方的老伴、女儿和外孙，还有过往与我并肩工作、学习的同学、同事、朋友及亲戚乡邻。

作于 2019 年 2 月 4 日

江城子·板胡与秦腔剧

　　板胡一曲忆乡音，故园痕，少年尘。贯耳秦腔，高亢欲销魂。花旦清丽喉婉转，听不够，梦中人。
　　柔弦数度泪粘唇，唱软心，醉伶吟。流水行云，腰柳弄胡琴。最使曲终音未断，才酩酊，又思君。

【说明】

　　自打我记事起，在故乡听得最多的是秦腔，到剧场看的第一场戏也是秦腔。记得剧中小花旦唱腔委婉，颜丽腰软（走水步），让我初燃慕心。剧终散场，还不由得到后台一睹芳容，现在思来真是幼稚可笑。

江城子·忆激情燃烧的岁月

年来年去鬓丝霜,镜中人,自欣赏。大漠孤烟,无畏献衷肠。两弹功勋将士血,惊日月,镇魔狂。

夜来一梦到新疆。马兰村①,地窝房,相顾无言,战友在何方?燃烧激情无怨悔,人不见,问军章。

【注释】
① "马兰村"是我所在队伍当时的驻地。

【说明】
我 19 岁入新疆罗布泊,成为一名防化兵,为我国原子弹实验冲锋在前,那时真是无私无畏、无怨无悔。现在老了,总是怀念那段可歌可泣的经历,想起那么多的战友青春四射,不知他们现在都在何方,有一种疆场别离泪千行的心情。

江城子·重游管家岭①

十年过后又重游,旧竹楼,草中忧。风声呜咽、曲径不通幽。车水马龙都不见,一户户,锁门头。

那年游客竟风流,去悠悠,景空留。农家乐处、冷落钓鱼钩。气盛挖机尘与土,声似怒,鸟啾啾。

【注释】
① "管家岭"是京西阳台山风景区边上的小山村,以前村民开发农家乐,全村一片欣欣向荣的景象。我曾多次游村登山,并在竹楼喝茶、纳凉、吟诗。

【说明】
2021 年 5 月 23 日的午后,忽然想起 10 多年没去管家岭游玩了,正一个人在家闲着,就驱车前往。

作于 2021 年 5 月 25 日

江城子·相聚

芙蓉城①里少年狂,共书窗,慨而慷。更有柔情、闲步沙河②旁。犹记姑苏③江上月,留不住,是沧桑。

五十年后鬓如霜,忆流光,泪千行。相顾多时、才识眼前郎。久别重逢人易醉,寻问取,诉衷肠。

【注释】
①"芙蓉城"指成都。②"沙河"指流经校园里的一条河流。③"姑苏"指苏州,全班同学毕业实习的地方。

【说明】
5月8日中午,从天津、深圳、昆明来的老同学和在京的同学相聚。

作于2022年5月8日

江城子·风

忽思世界不刮风,树无声,草会惊。炎热难熬、四季众花停。雨雪云烟尘会乱,光日暗,月哭明。

人间万事梦魂中,醉一程,醒一更。兴衰换了王朝、且徐行。弘毅德风如大吕①,得猛士②,起鲲鹏。

【注释】
①"大吕"是钟,周朝的宝物。其高妙、庄严,声音洪亮,寓意品德高尚。②"得猛士"即刘邦的"安得猛士"。国家安危系于守四方之猛士。

【说明】
今夏连日暴晒,京西地面呈焦味。昨天突然起大风,一扫热浪如秋韵。可见这风的作用之大。世不可以无风!由此想开去,人也有风,有士吏之风、民之风、道德之风、社会之风,历朝历代如是也!士吏风不正,民风必坏。由此想起刘邦的《大风歌》:"大风起兮云飞扬。威加海内兮归故乡。安得猛士兮守四方！"以及曾子的："士不可以不弘毅。"我认为卫国安邦需要风正之猛士，国之精英们应如黄钟大吕，弘毅而无我。

临晚，我在椅上享风凉，突然瞎想"风"的功用，特填《江城子·风》以咏怀。

作于 2023 年 7 月 9 日

第十章　捣练子

捣练子·元旦怀思

寒夜静，舍前风，去岁匆匆月半升。回首往昔人不寐，倚窗元旦到天明。

【说明】

迎来2016年元旦，夜静、风冷、月半，每到佳节，易怀旧、忆往事、念亲朋……

作于2016年1月1日

捣练子·元旦·忆友人

经年过，又年新，断续怀思断续音。窗月不知多少梦，只缘还照梦中人。

【说明】

2017年元旦，想起"落花流水春去也"和"每逢佳节倍思亲"的名句，特填词《捣练子·元旦·忆友人》。

作于2017年1月1日

捣练子·夜归

欢宴散，晚来风，雨打荷塘断续声。秋冷路灯孤对影，径斜泥泞到家东。

【说明】
此词描述与友聚散后，在秋雨中孤独回家的情景。

作于 2017 年 8 月 31 日

捣练子·年又近

年又近，月匆匆，辞旧迎新两样情。岁岁平安长与共，数声微信似春风。

【说明】
2018 年岁末回首，又展望 2019 年，深感年去匆匆，年来也匆匆。

作于 2019 年 1 月 1 日

捣练子·白天夜

白天夜，夜白天，断续黑云滚滚烟。暴雨捣雷遮烈日，午时灯亮好阑珊。

【说明】
昨天，农历庚子年四月廿九（2020 年 5 月 21 日），下午 3 点后，云遮烈日，雷电交加，暴雨铺天盖地，突变黑夜。

作于 2020 年 5 月 22 日

捣练子·今夜雪

今夜雪，正春节，断续风摇双手接。仰望漫天白浪卷，把人惊得舞长街。

【说明】

北京一冬无雪，农历正月初二夜，听说外边下雪了，我忙推门观望，好一个：风卷梨花满院舞，醉人此时雪探春。

作于 2021 年 2 月 13 日

捣练子·中元节

中元夜，月胧明，两处牵肠未了情。一地纸钱烧不尽，教人空守雁离亭。

【注释】

每年农历七月十五是上古时代人们过的"七月半"节，是祭祀先人的日子。后来道家做法事，改叫"中元节"，民间又演变成了"鬼节"。这一天夜里，祭奠先辈的人家会在路口或村头烧纸、上香、供食和追思。因此祭祀是正史，鬼节是演变。

作于 2021 年 8 月 22 日

捣练子·雨中看雪

十二月，雨丝寒，门外清风半卷帘。遥望远山白雪顶，把人馋眼雨湿衫。

【说明】

今早起来，小雨点点。难得一见近腊月下雨。再看远山，白雪绕梁。这天气，让人喜雨又爱雪。

作于 2021 年 12 月 9 日

捣练子·年过了

年过了，又心多，院外依依子女车。一岁光阴留不住，静空孤酒自婆娑。

【说明】
过年，家里子女亲戚一大堆，几个孙子辈打打闹闹，叽叽喳喳，好不热闹。破五过后便都走了，家中又恢复往日的平静。

作于 2022 年 2 月 6 日

捣练子·秋风起

风乍起，似箫吹，一地黄金鸭脚[①]追。霜打百花零落处，豆蔻佳色是菊眉。

【注释】
① "鸭脚"指银杏叶，形似鸭子脚，宋代之前把银杏树叫鸭脚树。

作于 2023 年 11 月 3 日

捣练子·看雪

天默默，雪沉沉，断续风摇断续尘。举目远山白玉树，惹人心动想出门。

【说明】
雪大，车打滑，倒着车才下坡回家。沏茶一壶，倚窗望，再哼词一首。

作于 2023 年 12 月 13 日

第十一章　蝶恋花

蝶恋花·登高望首都想开去

登上香山东望远。遍地高楼，密密车流乱。燕子飞回迷路看，招牌不见堆烟半。

过去京华商贾满。小巷栅栏，叫卖灯红晚。饭后余闲一把扇，前门广场由心转。

【说明】

登上香山看首都，如今高楼森森，车水马龙。想起 20 世纪 70 年代刚到首都，住在南池子清朝古院，余闲常去大栅栏、前门、广场、王府井、故宫护城河畔散步，那种市井商贾和民风民俗，还是令人留恋的。

作于 2019 年 3 月 10 日

蝶恋花·雷锋精神兼念周恩来

为有家国多忘己，寸胆豪情，尽瘁担德义。旖旎风光千万里，大江南北鲲鹏起。

十里长街歌舞地，数代风流，常把雷锋忆。古往今来多骐骥，纵横沙场无私利。

【说明】

2021年是毛泽东题词"向雷锋同志学习"58周年，也是周恩来诞辰123周年。看今天的社会，党需要雷锋精神和周公品德，国需要雷锋精神和周公品德，士需要雷锋精神和周公品德，家需要雷锋精神和周公品德。

回想20世纪六七十年代，亿万人民呕心沥血，奋发图强，为国家的强盛献出青春。正是千千万万个雷锋和周公这样的人的无私无畏，才有了如今强大的祖国。

《贞观政要·论仁贤》云："以铜为镜，可以正衣冠；以史为镜，可以知兴替；以人为镜，可以明得失。"雷锋和周公就是今人乃至后人的一面镜子。

作于2021年3月5日

蝶恋花·五一郊游

五月来时春已暮。日照香炉①，又踏西山路。绿水影斜摇碧树，莺歌燕舞穿林处。

年去回头留不住。今见游人，笑语桃花谷。人面桃花千百度③，多情却似唐崔护。

【注释】

①"香炉"指香山顶的香炉峰。②"唐崔护"指唐代诗人崔护。③"千百度"出自辛弃疾《青玉案·元夕》："东风夜放花千树。更吹落、星如雨。宝马雕车香满路。凤箫声动，玉壶光转，一夜鱼龙舞。蛾儿雪柳黄金缕。笑语盈盈暗香去。众里寻他千百度。蓦然回首，那人却在，灯火阑珊处。"

【说明】

今年五一长假，外出郊游，看到暮春的桃花已收，遂吟起崔护与辛弃疾的诗词，别有一番滋味在心头！如果你也去郊游，不妨以崔护之心，辛弃疾之情去尽享节日快乐吧！

作于2021年5月1日

蝶恋花·春分时节赏花人

二月春分均昼夜,花信枝头、怀抱尖尖叶。昨日还羞情切切,今天再看蝶先窃。

欲把蝴蝶执手掠,不忍绝情、坏了人家悦。移步玉兰梨花雪,多情又与蜂争冶。

作于 2022 年 3 月 20 日

蝶恋花·重阳节

遍地红黄争玉露,每到重阳,霜叶还依旧。今又登高风满袖,不知人老朱颜瘦。

倚杖香山重抖擞,色舞眉飞,远眺湖光[①]秀。更上台楼如醉酒,浓情丽景人长久。

【注释】

① "湖光"指颐和园的昆明湖。

【说明】

今日是重阳节,遂吟《蝶恋花·重阳节》以咏怀。

蝶恋花·悼秦怡

少小银屏开画卷,落雁沉鱼,闭月羞花范。影照千般音婉转,《女篮 5 号》常回看。

百岁春秋尘世断,广袖清风,舞去天涯远。瑰丽天生身渐幻,离人总被多情叹。

【说明】

刚得知秦怡百岁离世,不由得回忆起她的许多电影形象,她伴我们走过了大半个世纪,是几代中国人心中的玛丽莲·梦露,特填《蝶恋花·悼秦怡》,以表怀念。

作于 2022 年 5 月 9 日

蝶恋花·读西晋张翰诗有感

季鹰①思吴江月酒,鲈正肥时、望雁凭栏久。愿作阊门②船上友,不留西晋寻封侯。

尽日邀杯常抖擞,一世狂人、弄影枫桥③柳。大好生息难回首,萧萧落木天依旧。

【注释】

①张翰,字季鹰,西晋著名文学家,苏州人,晋惠帝太安元年(302年)官至大司马东曹掾。战乱之年,他不愿为官,由洛阳辞官回姑苏城,愿过任性的自由生活,经常会友饮酒作文。②"阊门"是苏州古老的街名。③"枫桥"是苏州古老的石桥。

附:

思吴江歌

西晋　张翰

秋风起兮木叶飞,吴江水兮鲈正肥。
三千里兮家未归,恨难禁兮仰天悲。

【说明】

李白、苏轼及清末的诗词客,都为张翰诗的思乡之情而感慨,所以流传至今。

作于 2022 年 10 月 15 日

蝶恋花·初涉微信有感

五寸荧屏惊不定。一摇手机，瞬间成对影。唤起两手狂扫动，足不出户趣事新。

忽想秦皇执此屏，一统六国，千里看微信。百年科技如飞鸿，日月同辉总传承。

蝶恋花·明月人尽望

遥夜月高三万丈，一眼珠帘，碧玉寒宫帐。千古天仙人尽望，频邀饮醉空惆怅。

李杜[①]明知无酒量，诗海[②]杯中，竟与娥酣畅。我欲学将情胆壮，瑶池水墨[③]文疏朗[④]。

【注释】
①"李杜"指李白与杜甫。②"诗海"意为海水化作杯中酒，李杜诗量无绝期。③"瑶池水墨"意为我把瑶池水当作写诗词的墨。④"文疏朗"指文气豪放，胸怀开阔。古人赞苏轼诗词疏朗，辛弃疾诗词沉雄。

【说明】
神一样存在的月亮，寄予了人们无尽的憧憬。常使我：抬头望月久思量，追梦苏辛李杜郎，特填《蝶恋花·明月人尽望》以咏怀。

作于2023年5月14日

蝶恋花·忆大师饭局，一老者赞美佳人

粉黛蛾眉刘海卷，仙子惊鸿，出水芙蓉面。对饮停杯直赞叹，笑言端丽霞光灿。

老者寻思忧岁晚，心悦君兮①，醉眼嗟惜②见。羞语③飞出声欲断，一川风月④斜偷看。

【注释】

①"心悦君兮"出自先秦《越人歌》，表喜欢之意。②"嗟惜"指嗟叹惋惜。③"羞语"指老者一直找词赞美那位丽人，有一种相见恨晚的感叹。④"一川风月"指一片风景优美的地方。

【说明】

某日，大师请我小聚，还有一老者，不知姓名。席间，大师的女性朋友来访，坐在我对面的老者顿时语惊眼明，倾尽赞美之词，似遇上倾国倾城之娇，引得我也斜眼偷看一番，特填词一首追忆。

作于 2023 年 5 月 15 日

第十二章　阮郎归

阮郎归·回延安

山川依旧劲风吹,童心铁马回。少时慈母捻儿衣,见坟哀泪飞。

寻故地,忆别离,乡音问我谁。曾为凌志弄须眉,蹉跎一梦归。

【说明】
2015 年 6 月 12 日,重回延安,14 日去子长县跪拜父母陵,寻少时寒窑。

作于 2015 年 6 月 14 日

阮郎归·谷雨时间游西山

纷纷谷雨润青田,诗兴酒拾千。万般花信弄眉尖,惹人一醉欢。

轻气爽,欲成仙,淋湿不换衫。西山烟雨似江南,画屏莺两三。

【说明】
今日谷雨,巧的是多日不雨,今晨雨纷纷。惹人兴起,特吟《阮郎归·

谷雨时间游西山》。

作于 2019 年 4 月 20 日

阮郎归·寒流催雨暮秋急

寒流催雨暮秋急，风卷小楼西。打窗如鼓落如曲，画屏帘外漪。

黄叶重，绿枝稀，菊湿花倚篱。冷霜微透薄罗衣，望闻孤雁啼。

【说明】

昨天突然下雨降温，北京由前天的 29℃降至 14℃，暮秋来得如此之急。触景生情，遂填《阮郎归·寒流催雨暮秋急》以咏怀。

阮郎归·思念家人

望穿秋水水东流，风和雨共舟。祥云一片弄轻柔，孤人醉倚楼。

风阵阵，雾尘休，邻家帘幕收。寒窗独自在床头，相思无限愁。

【说明】

老伴又去帮女儿看孩子了，我独自一人守家，特吟《阮郎归·思念家人》以咏怀。

阮郎归·谷雨

惊雷谷雨贵如油，青苗珠露稠。牡丹如火柳如柔，彩虹斜倚楼。

春色暮,夏花羞,出墙杏满头①。香椿树上有镰钩,玉人回凤眸。

【注释】
① "杏满头"指青杏累累。
【说明】
昨日谷雨,一阵雷雨后,我看到大门处邻家一少女用镰钩摘香椿,遂有感而发。

阮郎归·怨风人

纷纷落叶断肠声,风和人不同。离伤人在葬花中,怨风一卷空。

年去去,岁匆匆,忧愁怕入冬。此生一梦以为童,谁知到老情?

【说明】
初冬,满地黄叶任风劲,残红落泪葬花人,吾老更多情。

阮郎归·腊八同日大寒·咏梅

腊八同日大寒时,雪和山路直①。望梅花发惹相思,那年一问之。

花烂漫,几生知,与君②初认识。疾风高处傲贞姿,雪消香满枝。

【注释】
① "雪和山路直"指昨天西山雪下得较厚,路被雪埋得看不清了。② "君"指梅花。

也可拟人。

【说明】

今日是大寒又是腊八节，特吟《阮郎归·腊八同日大寒·咏梅》。

阮郎归·独居老人

人生一梦转头空，韶光逝水东。晨钟暮鼓月华生，门前太冷清。

孤对影，与灯同，再无劝酒声。夜来人静卷帘栊，倚窗独醉中。

【说明】

人老独居是一道难过的坎。邻家86岁的独居老人，每天一个人坐在门口等太阳，有时发呆，有时睡着，有时步履蹒跚地行走，特吟《阮郎归·独居老人》。

作于 2021 年 7 月 17 日

阮郎归·过年感怀

春风吹雪惜朱颜，一晌人不闲。悠悠岁月忆阑珊，除夕长贪欢。

经年远，意缠绵，此情鸿雁传。依稀宾至酒樽干，余酲萦梦甜。

第十三章　点绛唇

点绛唇·抒怀

小院轻风，半池流韵听难够。绿园痴叟，花醉凭栏久。
试问光阴，几度还回首？人依旧，自酌樽酒，邀月夕阳后。

【说明】
享轻风，听流水，种瓜豆，醉苑色，问光阴，酌劲酒，邀明月。

作于 2015 年 5 月 30 日

点绛唇·过年忆往昔

今夜除夕，万家灯火添新岁。宴歌祥瑞，自是人贪醉。
往事云云，恰似一江水。经年璀，忆来无悔，又见梅枝磊。

【说明】
2016 年除夕夜，"每逢佳节倍思亲，痛饮怀旧酒一杯"。

作于 2017 年 1 月 27 日

点绛唇·谷雨思绪

谷雨东风，江南正采新茶米。北国飞絮，满目扬花季。
春夏交融，不愿春将去。凭栏意，九州生气，唯有心相许。

【注释】

谷雨，传说在黄帝时期，连年干旱，有一天仓颉梦见天降谷雨，百姓终于有米吃了。结果第二天一早天上真下起谷米，从此五谷丰登，国泰民安。黄帝便下令把这一天定为二十四节气中的"谷雨"。

作于 2019 年 4 月 20 日

点绛唇·白露时节

白露时节，仲秋珠透花依旧。数蝉开口，还唱高枝柳。
黄叶多情，与树难相守。离飞后，飘飘锦绣，却让风吹瘦。

【说明】

今日是白露，转眼黄叶飞落，一年又秋，让人既享金秋美感，又叹时光如梭。

点绛唇·雨水

乍暖还寒，初七雨水今来早。北方春草，半露尖尖角。
江岸南国，万树花枝俏。香袅袅，引得青鸟，歌罢丛中笑。

【说明】

今日是正月初七，恰是雨水，华夏南北，风景各异。电视上看到南国一片花海，北方却乍暖还寒。

点绛唇·咏牛

孺子哞哞,万家灯火迎春晓。奋蹄耕早,遍地新禾稻。
励志一生,勤勉风霜角。三餐草,不为回报,但愿人长好。

点绛唇·大寒遇飞雪

岁末年前,大寒飞雪银枝叶。瞬间堆砌,白了千山岳。
快到春节,更念东风月。一腔血,舞绒游冶,不老童心也。

【说明】
今天是大寒,晨起漫天飞雪,这可是久盼的北京的第二场雪。连我的小狗都高兴得不停地吃雪并在地上打滚,可想而知人之心情呢!特即兴填词一首。

作于 2022 年 1 月 20 日

点绛唇·查分数

今夜无眠,女儿成绩知多少?似魂萦绕,忐忑闻心跳。
惊叫连声,母女如飞鸟。人狂蹈,分都过了,醉舞庭廊道。

【说明】
高考查分日,家长与考生都忐忑不安。当看到女儿分数过了一本线后,全家狂欢。

作于 2022 年 6 月 30 日

点绛唇·中秋月

明月清风,月圆十五当空素。月中丹树,万里香如故。
月满江楼,人在凭栏驻。追月兔,把云梯竖,一了红颜慕。

第十四章　小重山

小重山·雨后晚霞生

细雨随风六律声,引得人欲纵、醉心情。午前光照更胧明。虽衣湿,凉爽绕街行。

临晚彩霞生。弄妆多丽影、燕山红。百般羞涩向天升,仙画里、我在万花丛。

【说明】

京城久旱不雨,昨天一早,雨声如歌,午前光射云低,临晚燕山天边红透。

作于 2017 年 5 月 23 日

小重山·人生要知四足

病去抽丝[①]百事轻,健康尤富贵、没来生。平淡知足不持争,鸡鸣舞、歌罢月胧明。

无友醉难成,把心常寄予、重交情。自如优雅莫追风,粗茶饭、梦醒有啼莺[②]。

【注释】

① "抽丝"引用"病来如山倒，病去如抽丝"。② "啼莺"指莺歌，一种优美的鸟叫声，也指孩童学语，有晚辈相伴，享天伦之乐。

【说明】

人生要知四足，即"无疾、知足、友善、无为"，这样才是最大的幸福。君不见"病来如山倒，病去如抽丝"；贪欲累成疾，知足贫也乐；无友不成席，独樽悲凄凄；自如唯清淡，雅兴逗孩童。

作于 2018 年 1 月 1 日

小重山·女大当嫁（写在三八妇女节）

有女如花初长成，玉颜婀娜影，倚帘东。梳妆镜里点唇红。施粉黛，香绕丽人行。

遇见眼前生，相思长夜梦，碎珠声。窗贴囍字月华升。楼台景，执手诉衷情。

【说明】

谨将此词献给所有女士们。我认识一对青梅竹马，他们为爱写下了千封热恋情书，至今保存完好。我本想以"一箱情书"为名写部电视剧，但苦于精力不济而未成。今天我特以他们为原型，填词《小重山·女大当嫁》，以表赞美。

作于 2019 年 3 月 8 日

小重山·消防战士

曾是消防一士兵，火情催战警、令冲锋。无情烈焰欲捶胸，听救命、誓死向刀丛。

转眼梦魂中，忆来常奋醒、似军戎。忽听"木里"三十灵，心如捣、泪雨送英雄。

【说明】

四川省凉山州木里县森林大火，夺走了30位20岁出头的消防战士，使我这个当过消防兵的老战士心如刀绞，无比难过，特作词《小重山·消防战士》，悼念这些小战友。

作于2019年4月7日

小重山·读岳飞同名词有感

壮志凌云不住鸣。令牌十二道①，入囚笼。功名利禄转头空。抬望眼，窗外月蒙蒙。

铁血为国忠。帝昏朝宦恶，（还唱）满江红。仰天长啸付瑶筝。多少梦，尽在断弦中。

【注释】

①"令牌十二道"指岳飞率军收复宋朝失地，大小战斗百余次，大获全胜，就在敌军节节败退之时，宋高宗听信秦桧、张俊谗言，下金牌旨令十二道，命岳飞火速班师回京，并投入监狱，最后毒害至死。

附一：
小重山·昨夜寒蛩不住鸣
南宋 岳飞

昨夜寒蛩不住鸣。惊回千里梦，已三更。起来独自绕阶行。人悄悄，帘外月胧明。

白首为功名，旧山松竹老，阻归程。欲将心事付瑶琴。知音少，弦断有谁听。

附二：
满江红
南宋 岳飞

怒发冲冠，凭栏处、潇潇雨歇。抬望眼，仰天长啸，壮怀激烈。三十功名尘与土，八千里路云和月。莫等闲，白了少年头，空悲切。

靖康耻，犹未雪。臣子恨，何时灭？驾长车，踏破贺兰山缺。壮志饥餐胡虏肉，笑谈渴饮匈奴血。待从头、收拾旧山河，朝天阙。

作于 2021 年 1 月 17 日

小重山·梦樱花

万树樱花香正浓。满园关不住、诉衷情。艳芳妩媚玉姿丰。游人问、欲嫁借东风。

人在去年亭。水桥花照影、喜相逢。轻摇夜月到帘栊。今宵梦、笑醒小楼空。

【说明】

这几天，太湖鼋头渚：樱海桥上人如织。武汉东湖：一片花林缺一人。这一人（我）却在：京西寒庐梦樱花，特吟《小重山·梦樱花》以咏怀。

作于 2021 年 3 月 12 日

小重山·芒种时节

梅雨江南芒种忙。北国新麦面、炖羊汤。万花争罢闹孺香①。燕声稀，正午睡阴凉。

满树杏金黄。绕亭芳草绿、倚门长。春风送暖入斜阳。今宵月，又上小楼窗。

【注释】

① "闹孺香"指结"果实"，比作要生孩子。

【说明】

芒种时节，南方忙插秧，北方忙收麦。我小时候在陕北，有一句"六月六，新麦子馍馍炖羊肉"的农家语。我还记得，邻家收新麦磨面，蒸碗口大的白馍馍，炖红焖羊肉，给我家送一大碗肉和一个大馒头，至今想起都直流口水。

作于 2021 年 6 月 5 日

第十五章　摊破浣溪沙

摊破浣溪沙·炒股

股票红时易冲冠,下跌愁起绿潭间。多少股民共憔悴,不堪看。

怀赌梦盈翻倍赚,大盘潮落慑人寒。套住楼高何处恨,命别完。

【说明】
炒股者戒赌,股市有风险,投资需谨慎。牛市应短持,熊来慢撤资,后市切蛋糕。

作于 2015 年 7 月 5 日

摊破浣溪沙·一夜秋雨

秋雨和风滴到明,细声音韵小楼东。睡醒推窗好风景,雾朦胧。

一场雨凉一场冷,绿枫寒露叶红中。多少痴人无限梦,诉衷情。

【说明】

一夜秋雨，凉爽宜人。

摊破浣溪沙·立冬·雨雪天

大雪纷飞落满枝，立冬节气正当时。雾雨白沙伴风舞，许多姿。

今此寒来花月去，欲留无计更相思。窗外梨花一万亩，又神驰。

【说明】

一年一度秋风尽，花开花落又入冬。人生几多情？

作于 2021 年 10 月 7 日

摊破浣溪沙·读毛泽东《送瘟神》诗

本是新年饮醉人，眼波街静却灯昏，大疫戳心太憔悴，更惊魂。

昨晚梦回红雨浪，银锄六亿送瘟神。众志成城摇铁臂，系民心。①

【注释】

① "红雨""银锄""六亿""铁臂"的解释与毛泽东《送瘟神》同。

【说明】

读毛泽东的两首《送瘟神》，不由得思绪万千。又因新冠别人都"阳"过了，自己"阴"着成了少数，心底发毛。

作于 2023 年 1 月 1 日

附：毛泽东《送瘟神》二首：

(一)

绿水青山枉自多，华佗无奈小虫何！
千村薜荔人遗矢，万户萧疏鬼唱歌。
坐地日行八万里，巡天遥看一千河。
牛郎欲问瘟神事，一样悲欢逐逝波。

(二)

春风杨柳万千条，六亿神州尽舜尧。
红雨随心翻作浪，青山着意化为桥。
天连五岭银锄落，地动三河铁臂摇。
借问瘟君欲何往，纸船明烛照天烧。

摊破浣溪沙·回家过年

大疫三年不得回，异乡愁起锁心眉。父母妻儿念憔悴，雁声悲。

惊喜放飞阳①过去，归途千里马驰催。满院生辉相顾泪，紧依偎。

【注释】
① "阳"指新型冠状病毒抗原检测或新型冠状病毒核酸检测为阳性。

【说明】
过年前，久别重逢场景再现：父母惊喜，妻子拥抱，子女喜若飞燕，更有留守小儿先不识父，随后泪面扑怀。

摊破浣溪沙·别离泪

元夜华灯月满楼，数声欢喜数声愁。明日乡别打工去，何时休？

慈母眼神儿不忍，小娃牵手手难收。多少断肠离绪恨，泪长流。

【说明】

此词描述过完正月十五，归乡的人又要起身外出打工的心情。

作于 2023 年 1 月 19 日

摊破浣溪沙·台风·连日雨

一场台风落叶残，银河直下入人间。谁起名曰"杜苏芮"？乱淹田。

连日四天停不住，雨超一九六三年。多少庄稼多少泪，不堪看。

【说明】

冒雨看京郊农田。

第十六章　渔家傲

渔家傲·劳动节的来与去

一百多年恩马①后，五一劳动节依旧。曾有工人齐怒吼，争与斗，维权抗议狂飙骤。

共产②歌声仍唱奏，如今几个国家守？世事抛人③新史又，资本兽，堂而皇之"九九六"④。

【注释】

①"恩马"指恩格斯、马克思。②"共产"指马克思和恩格斯的共产国际理论，曾经唱彻全球的《国际歌》。③"抛人"指为共产国际献身的先驱们。④"九九六"指早9点上班，晚9点下班，一周6天工作日。此作息时间在当今一些民营企业中盛行。

【说明】

1886年5月1日，美国芝加哥等地工人举行大罢工和游行示威，反对资本家的残酷剥削，要求实行8小时工作制。经过流血斗争，取得了8小时以外权利的胜利。1889年，在恩格斯组织召开的第二国际成立大会上，决定5月1日为国际劳动节。从此8小时工作制在工人阶级中确立下来。现在国内又有人提出"九九六"工作制，而且支持者有之，简直不可思议！特作《渔家傲·劳动节的来与去》。

作于2019年5月1日

渔家傲·悼于蓝和申纪兰

大小二兰乘鹤去,百年一梦成追忆。不让须眉风乍起,担道义,芳丝吐尽无留意。

江姐断头[①]年少泪,巾帼解放[②]花开季。自古英雄长砥砺,何所惧,丹心化作东风雨。

【注释】

①"江姐断头"指于蓝扮演江姐赴刑场。②"巾帼解放"指申纪兰提出妇女解放,男女平等并写入《中华人民共和国宪法》。

【说明】

惊悉于蓝和申纪兰相继去世,一代巾帼英雄激励了无数青少年,于蓝饰演江姐,在敌人的屠刀下大义凛然,视死如归。申纪兰为建设家国,号召妇女解放和男女平等。回头看,正是因为这一辈人的无私奉献,才换来了我们现在的大好河山,为此特作《渔家傲·悼于蓝和申纪兰》。

作于 2020 年 6 月 29 日

渔家傲·七夕

钩月秋风悲寂寂,天河万里隔牛女。古往今来长泪雨,思无计,年年岁岁多情绪。

诗意难书千万缕,抖音微信人相与。踏云天问[①]飞将去,今一聚,亭亭[②]句句别离语。

【注释】

①"天问"指屈原所作《天问》,今我国发射"天问一号"火星探测器。②"亭亭"指长亭、短亭,古代送别和休息的地方。

【说明】

今天是七夕节,是牛郎和织女时隔一年相会的日子。

渔家傲·悼毛泽东

　　天若有情天亦老，历朝兴废知多少？自古碑石坟上草，尘满道，空留断壁鸦声噪。

　　一身正气丹心照，腥风血雨熊罴哮。纵使鬼哭狼嚎叫，丛中笑，长河万里千帆蹈。

【说明】
2020年是毛泽东诞辰127周年，特填《渔家傲·悼毛泽东》。

作于2020年12月26日

渔家傲·把春留住

　　柳色青青风细细，万丛花树争娇丽。艳舞枝头香断续。游人语，把春留住思无计。

　　似箭光阴都付与，惜惜看尽桃花雨。忍踏落花来复去①。多情绪，忽如玉面②他年意。

【注释】
①"忍踏落花来复去"出自《红楼梦》第二十七回。②"玉面"指人面桃花，也指黛玉。

【说明】
此时万花皆放，早开的却又谢了！直教人千般情绪。

作于2022年4月14日

渔家傲·铁血戈壁

　　大漠阳关①连雪域②，不毛之地征夫奕。戈壁寒鸦飞断羽，风剪砾,男儿铁血何所惧。

滚滚翻腾八万里,蘑菇云③起惊寰宇。赤胆忠心争献力,担正义,誓将戎马图霹雳。

【注释】
①"阳关"指玉门关。②"雪域"指新疆。③"蘑菇云"指原子弹爆炸后在高空形成的蘑菇状烟云。

【说明】
我19岁应征入伍当兵,奔赴新疆戈壁滩,那里飞沙走石,寸草不生,飞鸟都会折断羽翼。在那里我将青春献给了原子弹试验的防化兵事业。那时的我一腔热血,无私无畏,永担正义。回想起来,那是一段可歌可泣的经历。

第十七章 调笑令

调笑令·盼雨

春雨,春雨,半年不来京冀。愁人起望相思,烟柳空摇缕丝。丝缕,丝缕,今早刚湿树底。

【说明】

京津冀去年冬天就没怎么下雪,今春到4月了还不见一丝雨,地干、人燥、柳烦。今早刚一推门,地上总算泥泞了,吾在细雨中好一阵淋跑。这天气给人以雨中看杨柳的诗情画意,令人心旷神怡啊!

调笑令·寒露

寒露,寒露,秋叶落时回首。愁人起望别离,万里相思雁啼。啼雁,啼雁,山北山南路远。

【说明】

今日寒露,大雁南飞,起望相思,愁人别离(老伴又去远方为女儿带孩子,已一月有余了)。

第十八章　采桑子

采桑子·怀念周恩来

四十一载周公祭，无限思量。无限思量，纵有千言亦断肠。
鞠躬尽瘁掏心胆，唤起朝阳。唤起朝阳，燕舞莺歌慨而慷。

【说明】
2017年是周恩来逝世41周年，他是鞠躬尽瘁、死而后已的人民总理，特填《采桑子·怀念周恩来》。

作于2017年1月8日

采桑子·久别重逢

宜宾酒店[①]千杯少，相见激情，长恨离亭。对影如初似春风。
流光岁月催人老，雁过留声，人过留名。此处一别几时逢。

【注释】
① "宜宾酒店"是北京的一个川菜小酒家。
【说明】
昨晚，应重庆皮晋好友邀请，和与我共事多年的数位朋友相聚。共话别离，饮酒如水，大家开怀述旧。我也不由自主地给大伙吹起"过五关，斩六将"的惊梦岁月。

作于 2019 年 3 月 20 日

采桑子·国庆 70 周年联欢（阅兵观后感）

神州劲舞越千年，万众狂欢。喜看江山，盛世缤纷不夜天。
曾经破碎丧国权，浴血夺鞭。地覆天翻，人才辈有更空前。

【说明】
刚刚国庆联欢晚会结束，真是"火树银花不夜天"。回想革命前辈金戈铁马、英勇奋斗才有今日，使人泪襟感怀。

采桑子·今日霜降

今天霜降轻柔雨，秋去冬来。柿子红腮，摘个香甜馋口开，教我甚情怀。
雨时长看残花泪，滴到楼台。庭院徘徊，眼看叶黄从此衰，更让倾词哀。

【说明】
今日霜降，北京下小雨，花草滴露。霜降后正式步入冬天。

采桑子·入夏童心

风尘四月匆匆去，满院扬花。柳絮群发，一地白绒任性刮。
林间戏蝶双双燕，我欲追她。人老奇葩，手舞枝条上树抓。

【说明】
5 月，北方初夏，鸟语花香，正是游人踏青观景的好时节。

采桑子·惜春

春光丽景天工画，纵我多情，长恋离亭，更在花间不住惊。
芳华最爱春如许，千里香凝，燕燕莺莺，万籁知音共月明。

【注释】
读了元代乔吉《天净沙·即事》曲，引共鸣而作一首《采桑子·惜春》。
附：
天净沙
元 乔吉

莺莺燕燕春春，花花柳柳真真，事事风风韵韵。娇娇嫩嫩，停停当当人人。

【说明】
吾曰：爱花之人多惜春，可怜红楼葬花人（林黛玉）。花开花落一春春，风住尘香（李清照）物似人。

作于 2023 年 4 月 13 日

采桑子·手机控

爱听微信叮咚响，不是知音，胜似知音。中有千千一点心。
手机三寸装天下，足不出门，万里而群，迷处当歌日日新。

作于 2023 年 4 月 15 日

第十九章　风入松

风入松·清明

春风疏雨过清明，丝柳绣花缨。万姿红粉争娥艳，燕燕声、传香柔情。绿草不知春困，苑上枝头啼莺。

遍野人稠扫陵亭，隔土泪眼横。冥钱频扑千万绪，怀当时、音容又经。杏花飘飘飞纷，恰是来世新生。

风入松·眼前秋叶乱纷纷

眼前秋叶乱纷纷，起念葬花人。风烟树色寒一阵，落无语、更泪衣襟。宝黛①含羞初见，红楼梦残悲魂。

余情付水丽人心，谁唱《葬花吟》②？卷帘今又秋千索，花无计、一地香尘。天若有情亦老，襟怀昨夜星辰。

【注释】
①"宝黛"指《红楼梦》中的主人公贾宝玉和林黛玉。②《葬花吟》指《红楼梦》中的词曲。

【说明】
秋叶落，花纷飞，人多情。

风入松·听雨

夜深听雨韵千声，萦绕到黎明。打荷惊醒一场梦，推窗看、雾气朦胧。有道京城雨润，阅川①甘露东风。

西山满目水帘中，听雨在林亭。此音天籁笙箫醉，倚栏人、阵阵柔情。对景沥觞②怀阔，画来思绪飞腾。

【注释】
① "阅川"指年华。② "沥觞"指倾杯洒酒。

【说明】
前天北京阴雨绵绵，在西山听雨如痴，醉了矣！景入眼帘如画一般，诗兴大发，特填《风入松·听雨》以咏怀。

作于 2023 年 6 月 1 日

风入松·自家乐园

小院东风掀春帘，花映池塘浅。泉吐银燕涛依旧，听弦乐、奔马向前。鱼舞裸姿幽娴，猫追眼盯池边。

多多戏猫猫勾拳，来福疯转圈。玉女格格舔手面，乐趣园、天上人间。卧椅静观其变，闲来自在神仙。

【说明】
多多、来福、格格，是我的 3 只爱犬的名字。

第二十章 一斛珠

一斛珠·今年过半

今年过半,送春归去春残染。赤阳催汗风声唤。盛夏来时、绿绕人家院。

笑对人生一转眼,老来闲趣茶杯满。如云弄月情千万。我亦当歌、不管流年远。

【说明】
今年过半,盛夏伏天,热浪滚滚。我闲在阴凉处,沏一壶茶,捧一本书,正"葛优躺"呢!

作于2019年7月14日午后

一斛珠·李煜泪

南唐李煜,亡国诗泪悲凉句。数声和雨东流去。玉殿朱颜、唯有愁相续。

古往今来千万缕,瓦残荒土空陈迹。史书深处波澜起。把个今人、脑海多情绪。

附：
南唐后主李煜五首悲凄词：

忆江南·多少恨

多少恨，昨夜梦魂中。还似旧时游上苑，车如流水马如龙，花月正春风。

捣练子令·深院静

深院静，小庭空，断续寒砧断续风。无奈夜长人不寐，数声和月到帘栊。

虞美人·春花秋月何时了

春花秋月何时了？往事知多少。小楼昨夜又东风，故国不堪回首月明中。雕栏玉砌应犹在，只是朱颜改。问君能有几多愁？恰似一江春水向东流。

浪淘沙令·帘外雨潺潺

帘外雨潺潺，春意阑珊。罗衾不耐五更寒。梦里不知身是客，一晌贪欢。独自莫凭栏，无限江山，别时容易见时难。流水落花春去也，天上人间。

相见欢·无言独上西楼

无言独上西楼，月如钩。寂寞梧桐深院锁清秋。剪不断，理还乱，是离愁。别是一般滋味在心头。

【说明】

每次读这些悲情词我都感慨万千，心酸不已，今特填《一斛珠·李煜泪》，感叹一番。

作于 2019 年 10 月 11 日

一斛珠·立秋

立秋伏暑，风吹热浪香如故。林荫古道休闲谷，早晚清凉、半晌骄阳舞。

眼望西山堆碧树，蛾眉粉黛花红处。夏秋今日勤吩咐，又是一年、烟雨人生路。

【说明】

今日立秋，三伏正酷，少不了秋老虎，特吟《一斛珠·立秋》以咏怀。

一斛珠·大雪①忆壮年

寒宵大雪，闲庐岁暮无来帖。教人独倚西窗月。露冷霜天、白首对遥夜。

记得壮年勤伟业②，马蹄驰骋鹅毛飚。冻冰三尺胡杨铁。凛冽刀风、刺骨更刚烈。

【注释】

①"大雪"指大雪节气，而不是下大雪。②"伟业"指本人当兵，为国献身"蘑菇云"事业。

【说明】

今日大雪。记得戈壁从军那些年，大雪时节，雪埋营帐，眉染霜凌，将士们个个抖擞，苦练筋骨。

今又怀旧，特吟《一斛珠·大雪忆壮年》以咏怀。

作于 2021 年 12 月 7 日

第二十一章　眼儿媚

眼儿媚·赏桃花

桃花万点弄轻柔，香雪竞风流。一山红粉，百般争艳，千奕含羞。

秋波醉眼斜栏杆，人在簇拥舟。今宵幽婉，明朝妩媚，来日心头。

【说明】

阳春三月，正是"人面桃花相映红"的最佳观赏时间。在京郊怀柔水库长城脚下深山幽谷，满山遍野的桃花尽情开放。此景此时，人如簇拥，花若方舟，美在眉头，醉在心头，特作《眼儿媚·赏桃花》，寄我情怀。

又记：

吾词的下阕是据"人面桃花相映红"而吟成。

唐代诗人崔护，资质甚美，清明独游长安南庄赏桃花，至一村户，见桃花绮丽，寂静无人声。因渴极，叩门求浆。良久始有一女子应门，捧杯水来让坐。女子倚在庭前桃花斜河，姿态楚楚动人；凝睇相对，似有无限深情。崔护以言挑之，不应。彼此注目久之。崔辞行，女子送至门，不由盛情而对。次年清明，崔护追忆此事，情不可避，又往探访，见门院、桃花、流水如故，唯斜河桃下无佳人。惆怅之余，乃题诗于门扉曰："去年今日此门中，人面桃花相映红。人面不知何处去，桃花依旧笑春风！"令后人无限遐想！

作于 2017 年 3 月 18 日

眼儿媚·秋景

秋风又把绿波愁，行雁叫声柔。菊花抖擞，荷莲露藕，一半香休。

昆明湖①水秋光美，客在戏游舟。蝉鸣高柳，鸳鸯起舞，我倚亭楼。

【注释】

① "昆明湖"指颐和园内湖泊。

眼儿媚·孤酒思绪

寒流滚滚路人稀，云压雨声凄。书房不暖，琴弦欲断，孤酒今夕。

年年北雪南国绿，多少往来期。有情明月，无情岁月，暮景桑榆。

【说明】

风冷雨凄，酌酒一杯，独听琵琶曲，思人生漫漫路，特吟《眼儿媚·孤酒思绪》。

眼儿媚·母亲

叽喳乳燕叫声频，似语盼归人。寻食燕子，风来雨去，大爱一身。

人生出世知初命，睁眼是娘恩。无情岁月，有情儿女，不忘慈亲①。

【注释】

① "慈亲"指母亲。

【说明】

今天是母亲节，特填《眼儿媚·母亲》以咏怀。

作于 2021 年 5 月 9 日

眼儿媚·柳絮·心思

堤柳垂摇絮花开，似雪扑人怀。含情漫舞，阳春三月，有梦谁猜？

人生度与几飘来？且醉倚楼台。心思还在，少时追絮，河汉江淮①。

【注释】

① "河汉江淮"是黄河、汉水、长江与淮河的合称。比喻胸怀宽广，志在千里。

【说明】

农历三月的北方，垂柳花开飞入梦，宛转蛾眉欲上头。更让人想起童年时追柳絮的心情，特填《眼儿媚·柳絮·心思》以咏怀。

作于 2023 年 5 月 6 日

第二十二章　虞美人

虞美人·怀故人（纪念毛泽东诞辰125周年）

故人西去音容在，往事潮如海。那年烽火赤悬天，遍地工农夺取、帝王权。

人民万岁宏声远，相照知肝胆。一生愿景势磅礴！火热流年长是、梦中歌。

虞美人·看歌剧《浮士德的沉沦》有感

琴弦阵阵十八弄①，交响声声顷。柏辽兹②剧浪千重，保利夜深旋律任东风。

初心玛丽情丝断，浮士德沦陷。西方爱恨也多愁，鼓号钹锣潮起涨歌喉。

【注释】

① "十八弄"指歌剧有十八乐章。② "柏辽兹"全名为艾克托尔·路易·柏辽兹（Hector Louis Berlioz），法国著名音乐家，2019年是他离世150周年。他的代表作有《罗密欧与朱丽叶》《浮士德的沉沦》等。《浮士德的沉沦》中浮士德与玛格丽特是一对恋人，被世俗和魔法拆散，似中国的牛郎、织女一样令人悲伤。

第二十二章 虞美人

【说明】

昨夜应好友邀请,在保利剧院聆听法国柏辽兹歌剧《浮士德的沉沦》交响乐,深深被主人公浮士德与玛格丽特的爱情的喜与悲而感染,更为乐池的音效而震撼,特填《虞美人·看歌剧〈浮士德的沉沦〉有感》以咏怀。

虞美人·谒来青轩

来青轩[①]外红墙老,往事知多少?二十八景几多寒,明瓦清砖零落玉雕残。

今人欲问朱周[②]在,院静房门改。眼前空对景眉垂,唯有豪杰一去不复回!

【注释】

①来青轩是明清皇家建在香山静宜园的二十八景之一,1860年被英法联军烧毁,后改建。新中国成立前夕,朱德、周恩来、刘少奇、任弼时曾住在此院。该院不远处就是毛泽东住过的双清别墅。②"朱周"指朱德、周恩来。

虞美人·怀古·人生恨短

人生在世愁多少?转眼愁人老。小窗钩月半朦胧,疏影远山流水、弄潮平。

雕栏玉砌皆黄土,千载伤心处。断章残简入书楼,唯有多情人在、泪空流。

【说明】

古人何处,新人遥路,一场疫情夺走无数鲜活生命。人生一梦,转眼弄潮平。闲暇读古人书籍,常被古人叱咤风云而折服,也为古人悲情(如岳飞、李煜)而柔肠。然而读书人也老了,终日门户清静,粗茶淡饭。栏杆倚遍,凡心万千,特作《虞美人·怀古·人生恨短》以咏怀。

虞美人·父恩永驻

人生几度相思处，最是恩深父。小家全靠老黄牛，茹苦含辛守望、水东流。

父亲脊背天梯路，教子当空舞。如今先辈去游舟，念想茶余饭后、月如钩。

【说明】

恰逢父亲节，应好友要求，即兴吟《虞美人·父恩永驻》。

作于 2021 年 6 月 20 日

虞美人·过年

春花秋月冬飞雪，满径梅花砌。万家灯火庆新春，一岁如梭、转眼到壬寅。

长空炮仗今难见，更引相思远。除夕牵挂在天涯，微信传情、诗酒共年华。

【说明】

今年除夕夜禁放烟花爆竹，旧时的年味儿没有了。但是现代激光、电子技术射出的光束，流光溢彩，炫目灿烂，呈现一派祥和喜庆的节日气氛。然而时光荏苒，岁月如梭，我常会回首往事和思念亲朋老友，不由得心念有加，特别是除夕新春之际，更有"每逢佳节倍思亲"的滋味，特填《虞美人·过年》。

作于 2023 年 1 月 21 日

虞美人·读唐诗宋词怀古

夜半炉烟残炭①冷，啸风窗前影。孤身向月空对樽②，诗圣③那头吟醉、是何人？

年光老去东流水，弹指千秋岁。唐风宋韵数行词，读罢音容似在、正当时。

【注释】

①"炉烟残炭"指冬夜，我在农家大院生着煤火炉。②"空对樽"指室内冷，睡不着，对着窗前明月举杯邀月。③"诗圣"泛指唐宋各大诗人，也指李白。想起李白的"举杯邀明月"一句。

虞美人·听阿炳《二泉映月》原声带有感

丝弦向月声声叹，切切凄凄惨。曲哀犹愤断人肠，阿炳不知多苦泪哭长。

听音更绕千丝缕，贫贱风和雨。古来天下太多愁，唯有安宁国泰解民忧。

【说明】

听了1950年通过钢丝录音机录制的阿炳二胡演奏的《二泉映月》原声，不禁含泪。一丝一弦，一拨一弹，倾诉着他生命中的苦难和对命运的抗争。弓弦的干涩声，犹如他在沙哑地哭泣，令无数人共鸣，特填《虞美人·听阿炳〈二泉映月〉原声带有感》。

作于 2023 年 7 月 28 日

第二十三章　惜分飞

惜分飞·北京市府东迁

昨夜台基灯下月，不忍别离泪咽。市府楼空也，悄无言语翻一页。

多少风烟由此烈，半世京华铁血。东去通州界，运河流韵从头越。

【说明】

昨晚北京台基厂市委、市政府摘牌，心味难掩。今天北京市委市政府东迁至通州运河边上，结束了半个多世纪的台基厂办公历史。此情此景不由得生恋，特作《惜分飞·北京市府东迁》以咏怀。

作于 2019 年 1 月 11 日

惜分飞·花落

昨夜西风窗外哮，又把花儿窃了。起看花枝少，人无言语心先恼。

曾是红妆开口笑，满院飞香袅袅。零落眉峰绕，不如吩咐春回早。

惜分飞·今日寒露

秋气清新寒露透，早晚添衣遛狗。正午摸泥藕，水凉池浅荷花瘦。

几处菊黄重抖擞，寂寞残红恋旧。今夜霜来后，醉人红叶浓如酒。

【说明】

今天是双节最后一个假日，恰是寒露，此后天渐变冷，霜打叶红，冬季即将来临，为此特作《惜分飞·今日寒露》以咏怀。

惜分飞·人

年复一年十二月，春夏秋冬雨雪。人字一生写，撇开捺住从头越。

六欲七情长蓄泄，多少朝夕暮夜。待到人踪灭，断魂深处凭谁说？

【说明】

人字不难写，做人最难写。离人看不见，后人任评说。

作于2022年1月28日

第二十四章　谒金门

谒金门·思亲人

一梦醒,对月倚帘人静。远处朦胧三四岭,举头相思影。

离恨流光谁懂,忍泪别时孤冷。日日回家一院景,夜深人更梦。

【说明】

去年入冬,老伴在远方陪女儿带外孙,我一人独守家门,特吟《谒金门·思亲人》。

作于 2019 年 3 月 2 日

谒金门·相思影

风破影,钩月清池摇动。欲上月船忙绕径,醒来一场梦。

唯有池边独静,人与月波相映。长夜相思谁与共,举头空对景。

【说明】

描写当今留守老人和儿童与亲人的离别情景。

谒金门·相思泪

风满院,吹动奴家心愿。囍字门前飞双燕,那人常梦见。

镜里红颜谁看,梳子搔头声唤①。终日想人人太远,泪珠湿枕畔②。

【注释】
①"声唤"指低声哀叹。②"枕畔"指枕头边。
【说明】
此词描写一女子看见别人婚嫁,思念远方恋人的情景。

谒金门·夏至

炎热季,无雨日高云缕。白昼短长今分取,夏至闻蝉语。

静处通幽风起,流水清泉石倚。更上层楼相思寄,远山织绮丽。

【说明】
今天是夏至,此刻日长夜短,立竿无影。夏至以后地面受热强烈,空气对流旺盛,午后至傍晚常易形成骤来疾去的雷阵雨,由于降雨范围小,人们称之为"夏雨隔田坎"。唐代诗人刘禹锡的"东边日出西边雨,道是无晴却有晴",描述的就是夏至后天气的变化。

本人喜好炎热天漫步于林荫溪水通幽处,摇一把扇,听数声蝉,拧一巾汗,乃神仙也!特填词《谒金门·夏至》以咏怀。

作于 2021 年 6 月 21 日

第二十五章　千秋岁

千秋岁·过十三陵[①]

群山环抱，六百年[②]魂绕。今路过，皆荒草。明朝天子墓，破旧十三貌。游人叹，众皇知否江山倒？

权帝[③]虽遗诏，后继奢靡盗。君不见，煤山吊[④]。闯王[⑤]无战力，也能风吹帽。朝散后，千秋功业[⑥]尘封了！

【注释】

① "十三陵"在京郊昌平天寿山下，葬有明朝13位皇帝。② "六百年"指从明朝开国到现在有650余年。③ "权帝"指明朝开国皇帝朱元璋。④ "煤山吊"中"煤山"指今北京的景山，煤山吊指明末最后一个皇帝朱由检（崇祯）在李自成的追杀下自缢吊死在煤山。⑤ "闯王"指明末农民起义的首领李自成，起义军来势凶猛，但将士各怀心计，一进皇城就乱套了，手下将领与明末降将吴三桂醋争名媛陈圆圆，吴三桂竟引清军多尔衮入关灭了李自成。⑥ "千秋功业"指明朝立国276年，后逐代奢腐，一代不如一代，崇祯在位17年，看到问题所在，虽然下了6次"罪己诏"，力图变革，扭转江河日下局面，但由于其生性多疑昏聩，最终未能挽救大明王朝。

千秋岁·重谒双清别墅[①]

故人归去，别墅烟波里。多少事，空留迹，双清池水静，日照枫山碧。青未了[②]，万山红遍逆风起。

化作心灵语，倾注相思雨。抬望眼，多情绪，江川优画卷，满目东方旭。来去路，新人遍地稠如炬。

【注释】
①"双清别墅"是毛泽东故居。②"青未了"是双清别墅边上的一个景点名。此处以景拟人意。

千秋岁·赞海花岛

儋州叠翠，新月云中睡。一半是、春梦里，问伊何处去？海岛柔情水。花开处，美如仙境任凭说。

万户窗灯起，彩画遥空寄。花弄影、东风细，满城黄金缕，都是清香砌。谁与度？教人思量千秋岁。

千秋岁·秋思

盛秋疏雨，霜叶飞无序。花影乱，蝉声底。树摇香果味，稻舞鹅黄衣。风细细，剪得流水凉波起。

雁字南归去，又惹伊人虑。凝望远，成回忆。往期幽梦断，可有微书①寄？长向月，怀情对影千千绪。

【注释】
①"微书"指微信。

【说明】
秋景如画，秋思不断，触景生情，想念与我曾经相遇、相敬、相识的人。

作于 2016 年国庆假日

千秋岁·月全食

满轮谁染？翡红当空绚。蓝月亮，银河畔，情随千里远，魂绕圆盘转。来天半,古今难有窗前看。

把酒邀笛软,举醉歌余幻。人几度?全食见。百年尘与土,万载思和恋。今夜月,不知何岁还相伴!

【说明】

今夜,恰逢152年一次的蓝月亮、红月亮、大月亮同时出现的月全食。能见此奇观,实属三生有幸。仰望天际月幻,心潮如歌似醉,特填《千秋岁·月全食》,记录百年难遇之夜。

作于2018年1月31日

第二十六章　青玉案

青玉案·狂风暴雨夜

狂风呼啸云任纵,雨蹄乱、争驰骋。电闪雷鸣忽吓醒。月台漆黑,珠帘万种,天漏银河涌。

倚窗观雨街灯景,楼外青山远乡影。少壮离家怀好梦。奋发冲冠,转头成镜,雨打闲愁省。

【说明】
昨夜黑云滚滚,雷声惊魂,长空电闪,雨注倾盆。惊醒倚窗,雨中思绪,念旧恋乡,老来闲愁雨打省。

作于 2017 年 8 月 9 日

青玉案·闲心绪

年年岁岁花相似,猛回头、流光逝。今日邀得谁共嗜?月台无月,雨帘千尺,唯有人空室。

每当幽静思前事,点点云烟鸿鹄志。世外桃源独恨自,花无心看,茶无心食,病倒无人侍。

青玉案·元宵节感怀

人生几度元宵夜？又目送、相思月。少小英发人老也。月圆如故，流年似叶，唯恋花灯雪①。

走南闯北一腔血，马不停蹄勇夫铁。难忘佳节心处②悦。一帘幽梦，两箩离别③，对影千千结④。

【注释】

①"花灯雪"指闹花灯时飞舞着雪花的意境。②"心处"指心里。③"两箩离别"意指别离的心情用箩筐都装不下。我一生交往了很多朋友、同事、亲戚，然而很多人都随着时间的推移远去了，往往每逢佳节倍思亲。④"结"字作入声韵，可当仄声。

【说明】

古代元宵节也是情人节，所以才有宋代辛弃疾的"众里寻他千百度，蓦然回首，那人却在，灯火阑珊处"的千古佳句，读来真是无酒也成醉呀！

作于2018年3月2日

青玉案·看池塘柳

今生爱看池塘柳，柔影舞、轻拂手。待到东风飞絮后，多情犹在，久长长久，不了初开窦。

老来独倚池塘柳，点点滴滴那时候。日落西堤升月钩，淡云千里，梦魂依旧，滋味浓于酒。

【说明】

柳影照池塘，河边千垂柳，柳遂人愿，人随柳柔。年少爱看柳，老来独倚柳。正是"月上柳梢头，人约黄昏后"，为此感慨一番！特吟《青玉案·看池塘柳》。

作于2020年6月9日

青玉案·江南暴雨

江南雨落千重浪,看江水、长长长①。围堰惊心一寸涨。稻田如海,洪峰似虎,市井多惆怅。

往年车水马龙港,异彩流光竞开放。俯首今夕锚杆上。水深七尺,江涛千里,不见停船舫。

【注释】
① "长长长",除第三字读 zhǎng 以外,其余读音任由发挥。
【说明】
今年入夏以来长江中下游频发暴雨洪灾。

作于 2020 年 7 月 21 日

青玉案·秋尘暮

冷风摇动黄叶树,又是送、秋尘暮。追忆年华烟雨路,半生过后,万千知处,更像鲲鹏舞。

两三杯尽无人顾,明月窗前与谁度?深夜挑灯思不住,一帘幽梦,几多名凤①?莫怪青春误。

【注释】
① "名凤"指名人,有名望的人。
【说明】
看着飞叶,怀着秋暮,遂吟《青玉案·秋尘暮》以咏怀。

作于 2020 年 10 月 22 日

青玉案·下元节·思母

下元思母天涯远。更泪眼、低声唤。不懂儿时愁母面。五分油旋①，让儿空站。长夜织机伴。

时来日好三餐饭。父母双双与儿散。恨不当初多探看。每逢节日，万般思念。为母常祈忏。

【注释】

①"油旋"是陕北老家卖的油饼，在我小时候才5分钱一个。

【说明】

今天是农历十月十五，下元节，是祭祀先人的节日，特吟《青玉案·下元节·思母》，以祭奠先辈。

青玉案·往事如烟

银河①直下三千丈，万古奔、永流淌。狂卷沉沙年复浪。惊涛拍岸，万般回响，潮起豪情壮。

掀天斡地兴衰榜，覆雨翻云梦一场。豁若展图成画嶂②。仰天长笑，青丝过往，余也一携杖③。

【注释】

①"银河"借指长江。②"豁若展图成画嶂"摘自宋代文同《彦思示望南山诗因答》："豁若展图画，压纸千万嶂。"本句意思是，豁然想，若把古往今来画成一幅长卷该有多壮观啊。③"余也一携杖"是指我也是拄着拐杖的老翁了。

【说明】

自从天地造长江以来，一代又一代随流而去，每一个人都留下了足迹，每一次潮起潮落，人们对梦想的追求都隐入尘烟。由此令我感慨万千，特填《青玉案·往事如烟》。

作于2023年4月29日

青玉案·夏雨①

雷霆雨润烟波路，乍一骤、炎炎去。前日闷时风不度，气蒸千浪,煎熬万户。今倚清凉处。

卷云吞碧西窗暮,电闪辞别向东句[②]。立在斜栏空自许,漓漓逝水,蒙蒙细絮,更恋相思雨。

【注释】

①步宋代贺铸《青玉案·春暮》词韵。②"句"意为雨向我告别。

作于 2023 年 7 月 22 日

第二十七章　长相思

长相思·寄校友在京聚会

想回头，梦回头，梦到离别难见愁，时光似水流。念悠悠，忆悠悠，忆起同窗孺子牛，个中多少秋？

作于 2017 年 10 月 28 日

长相思·腊八粥

腊八粥，腊八粥，五谷熬香口水流。兆丰年到头。思悠悠，念悠悠，好友亲朋不见愁。月明独倚楼。

【说明】
今日腊八，一个人在家熬粥，盼望亲朋好友共享此粥，祈福来年平安。

作于农历戊戌岁末腊月初八

长相思·暴雨

雨水深，河水深，街水车舟浪打门。涛声如鼓音。夜沉沉，雨沉沉，今夜清凉盖厚衾，雨铃惊梦魂。

【说明】

三伏未完,北京暴雨。

作于 2020 年 8 月 13 日

长相思·九级风

似楼摇,正楼摇。半夜风声使劲嚎。惊得睡不着。人飘飘,瓦飘飘。报纸飞来挂树梢。九级风卷槽。

【说明】

今天起大风,约 9 级,大约三更时分把人惊醒。起床后看到满地狼藉,风大得能推倒人。

长相思·立秋

又立秋,今立秋,多少立秋多少柔。风吹热浪愁。炎日休,人也休,更有清凉在后头。河边①戏水游。

【注释】

① "河边"指京密引水渠。

【说明】

今日立秋,天虽热,风已凉。

长相思·庐山美庐

雨频频,水潾潾,雾起烟飞漫卷尘。故人留履痕。倚重门,仰遗文,无限风光入梦魂。美庐依旧云。

【说明】

20世纪80年代初,我随原中共中央顾问委员会委员、公安部部长赵苍璧同志登庐山,也住在美庐,特作《长相思·庐山美庐》词一首。

作于 2023 年 6 月 5 日

长相思·少白头

少白头,少白头,苦读十年不自由。童心逝水流。考前忧,考后忧,待到学成就业愁。安能跨九州[①]?

【注释】

① "跨九州"取自宋代王安石的《骅骝》诗中赞美骏马"怒行追疾风,忽忽跨九州"之句。本词意指报效祖国。

【说明】

网上看到不少中学生少白头,戴着眼镜上课的视频,而毕业后又一职难求,让人心头不是滋味,特填《长相思·少白头》小令词一首感叹!

作于 2023 年 12 月 2 日

长相思 (四首)

(一) 少年思

饿无忧,饱无忧,孺子瞧娘霜满头,惜娘寸断愁。勤作舟,苦作舟,千里志同甘做牛,长亭母泪流。

(二) 中年思

路迢迢,水迢迢,蹄奋天涯敢怒骁,拳拳赤子骄。宦涌潮,庶涌潮,潮起不惊曾驾涛,流光把人抛。

(三) 老年思

左雏姣,右雏姣,孙子牵缠满地绕,花眉笑弯腰。岁华高，暮华高，马放南山乐逍遥，宽弛醉晚肴。

(四) 除夕思

日悠悠，月悠悠，岁岁春节忆面熟①，升平舞客稠。景难休，意难休，来去匆匆逝水流，春回燕燕嗖。

【注释】

① "面熟"指熟面孔的人。

第二十八章　踏莎行

踏莎行·枫叶红

满目秋红，层林尽染，徐徐展翅含霜婉。画山神笔彩云间，晚霞深处余香淡。

袅绕纷纷，离情漫漫，把人勾得心思乱。年年岁岁怨秋归，明年此处谁来看？

【说明】
这几天正是枫红好时节。我拾红叶一片，看红透，闻余香，不由得使人恋秋醉景念友人，特吟《踏莎行·枫叶红》以咏怀。

踏莎行·塔銮

金色辉煌，光芒灿烂，塔銮直上云霄半。神灵香火往来人，祈福许愿低声唤。

碧瓦红楼，琼砖泰殿，佛坛万象湄公①岸。暇接醉眼欲销魂，不知辛苦连忙看。

【注释】
①湄公河，我国称澜沧江。

【说明】

今访老挝万象，游金字塔銮，观四周泰殿，宿东昌酒店，登高楼倚窗看，静静的湄公河（澜沧江）尽收眼底。半夜酒醒，诗兴欲发，遂吟《踏莎行·塔銮》，以作留念。

作于 2017 年 10 月 12 日

踏莎行·春分

杨柳依依，碧云香雨，众山花树多奇丽。停车坐爱醉人眉，仙翁得意留无计。

几度春分，离情几度？时光总是抛人去。悄无言语倚花丛，竟回年少寻梅处。

【说明】

今日是春分，万花争艳，风和日丽，眼迷心醉，特填《踏莎行·春分》以咏怀。

作于 2021 年 3 月 20 日

踏莎行·赞全红婵十米跳台三跳满分夺冠

乳燕初飞，轻轻点水，高台落玉琼姿美。水中人似浪中鱼，碧池十米惊泉碎。

一跳如蝶，欢呼鼎沸，前无来者童音未。英雄自古少年心，萝莉舞魅东风吹。

【说明】

第 32 届东京奥运会上，14 岁的全红婵 10 米高台跳水，连续 3 跳成为奥运史 10 米跳台的一匹黑马。裁判全部打出满分。正是，长江后浪推前浪，一浪更比一浪强，特吟《踏莎行·赞全红婵十米跳台三跳满分夺冠》，为全红婵感到骄傲。

作于 2021 年 8 月 10 日

踏莎行·又新年

玉树骄阳,寒梅傲雪。千红万紫凌空越。驰驱骏马顺流年,勤羊径上追明月。对对楹联,家家宴悦。一曲唢呐除夕夜。难得举酒饮无眠,春岚起舞逢鸣鹊。

踏莎行

冰玉骄阳,寒梅傲雪。三阳开泰从头越。各抒己任蹈一年,奋戈喋血逐明月。

桃符红颜,灯笼赤夜。醉酒当歌翻新页。难得忘却几多岁,狂舞升平任性悦!

踏莎行·清明·春词

起舞莺声,婆娑燕语。京郊树色纷纷雨。清明正是好时节,扬眉翠叶香堆砌。

客栈茶浓,珠帘蜜意。轻摇竹杖如飞翼。前村似有踏歌声,精神抖擞寻春去。

【说明】

扫墓祭祖与踏青郊游是清明节的两大礼俗主题。本词描写踏青人的"春思"。

附:

两首描述古代女子"春思"的词:

春 词
唐 白居易

低花树映小妆楼,

春入眉心两点愁。
斜倚栏杆背鹦鹉，
思量何事不回头？

春　词
唐　刘禹锡

新妆宜面下朱楼，
深锁春光一院愁。
行到中庭数花朵，
蜻蜓飞上玉搔头。

【说明】

刘禹锡是和的白居易的《春词》，它们的味道值得深嚼！因此，我填了一首别样《春词》。

作于 2023 年 4 月 5 日

第二十九章　玉楼春

玉楼春·为珩绮出生填贺词

日照玉楼①生佩璧②，妥妥③东风三月喜。凤鸣杨柳水云间，珩冠④霓裳多绮丽。

王子春光千万缕，耿耿⑤丹心情欲寄。管弦声处理花枝，更喜床前添燕语⑥。

【注释】
①"玉楼"指藏玉之楼。②"佩璧"指佩玉、珩玉。③"妥妥"指妥当、合适、恰好。④"珩冠"指凤凰头顶上的王冠，也指玉佩扣上的横玉。⑤"耿耿"指忠诚。⑥"燕语"指婴儿声。

【说明】
应朋友之约，为其女婿和女儿喜得千金妥妥（珩绮），特作《玉楼春·为珩绮出生增贺词》。

玉楼春·寂寞嫦娥欲下凡

秋风剪乱相思雨。花落香衰无意绪。紫云深处月宫寒，唯有嫦娥愁不语。

红颜对镜①依依许。醉锁痴心情未与。一帘幽梦醒时空，地上人间千万缕。

【注释】

① "对镜"的"镜"特指地球，从月亮上看地球，地球就像一面圆镜。

【说明】

千百年来，人们总是讨论嫦娥奔月的神话，向往月宫美好胜境。然而，作为广寒宫中的貌美嫦娥，却年年、月月、天天、时时、分分、秒秒孤独而寂寞。她会怎么想呢？吾料想，她是多么向往地上人间，多么羡慕七仙女和董永，羡慕七仙女找到凡间情郎，可能也想下凡感受人间七情六欲、喜怒哀乐、儿女情长吧！

作于 2017 年 10 月 4 日

玉楼春·游颐和园随想

月落镜湖①摇浅浪，桥动影斜微波荡。管笛声在水云间，白鹭飞归临晚唱。

薄暮闲来独倚舫②，此地古时谁远望？昔年③鱼贯步长廊，今日戏楼④空惆怅。

【注释】

①"镜湖"指颐和园昆明湖。②"舫"指颐和园石船舫。③"昔年"指 150 年前后清代晚期的颐和园盛景。④"戏楼"指颐和园内清代供慈禧和帝王看戏的楼台。

【说明】

入秋，天气渐凉，颐和园景色迷人，特作《玉楼春·游颐和园随想》。

作于 2020 年 8 月 23 日

第三十章　西江月

西江月·路

江月照人遥路，波光万里行舟。问君能有几多跨①？转眼西风老树。

春夏秋冬往复，将身许与鸿猷。今日弹指数风流，不恨年华去也②。

【注释】

① "跨"指得意、风光。② "不恨年华去也"出自近代梁启超的《水调歌头》。后两句："只恐少年心事，强半为销磨。"

【说明】

今天是五四青年节，回忆我们那个年代的青年，大都是这样的：青春不负凌云志，敢教日月换新天。

作于2022年5月4日

西江月·读苏东坡、辛弃疾同名词有感

杨柳风轻戏水，杏桃花重迷蝶。烟舟翠雾日西斜，醉倚楼台亭榭。

人做一场大梦，且行回首心结。夕阳与共酒中别，一笑付

之明月。

【说明】

苏东坡和辛弃疾都是在仕途不顺时，创作了《西江月》，吾不由得共鸣，特唱和一首。

附：

西江月
宋 苏轼

世事一场大梦，人生几度秋凉。夜来风叶已鸣廊。看取眉头鬓上。

酒贱常愁客少，月明多被云妨。中秋谁与共孤光。把盏凄然北望。

西江月·夜行黄沙道中
宋 辛弃疾

明月别枝惊鹊，清风半夜鸣蝉。

稻花香里说丰年，听取蛙声一片。

七八个星天外，两三点雨山前。

旧时茅店社林边，路转溪桥忽见。

作于 2023 年 3 月 26 日

第三十一章　沁园春

沁园春·写在抗美援朝70周年

万马奔腾，千里驰骋，碧血旗红。忆征歌嘹亮，炮声雷霆，饥肠吞雪，铁骨融冰。虎将龙军，横刀立马，直捣连营逼汉城。三八线，有昂昂气宇，浩浩功名。

英雄视死如尘，头可断、丹心照汗青。念中华儿女，东方龙种，同仇敌忾，义愤填膺。世不安宁，鬼魂妖孽，凌弱称霸露狰狞。岂料我、正霞光万丈，剑舞东风。

沁园春·有同事去监察委工作

同室执戈，日月如梭，滚滚淦河。念并肩驰骋，齐心奋进；共担威武，同捣狼窝。正义清廉，秉公执法，恪守忠诚献两肋。流年过，叹别离不舍，欲寄魂魄。

人间最易怀思，曾记否、当年奏凯歌？有三国赤壁，英雄本色；香城泉都，我辈昭焯。今又新征，凌云壮志，不负人民各尽责。吾何求？愿旗开得胜，执手为国。

【说明】

为咸宁朋友而作。

作于2018年1月5日

沁园春·读海粟好友两首诗有感

史若连环，代如流水，换尽新人。念秦皇汉武，不知身后，唐宋盛世，毕竟成尘。但舞遍东风，看尽流星，为有江山不负春。经年过，叹八千马俑，与荒为邻。

青山依旧葱茏，更岁月、千回百转长新。阅群书万卷，几何真本？当时情景，演义纷纭。却历代王朝，取其壮志，骂也枭雄恨也尊。而今望，有长城万里，又是一村。

作于 2021 年 5 月 15 日

【说明】

本人在词中添了"但""却"二领字。

附：

陶海粟读章碣《焚书坑》诗有感作二首：

其一

嬴政焚烧书万卷，
昭明搜尽百家文。
秦朝梁室皆无命，
治乱因缘书外寻。

＊昭明句：南梁昭明太子萧统主编《昭明文选》，集先秦至梁代八九百年的诗文。

其二

张良范增博学士，
刘项何需多看书？
可叹八千兵马俑，
只合持戟守阴都。

（陶海粟作于 2021 年 5 月 13 日）

又附：

焚书坑
唐　章碣

竹帛烟销帝业虚，

关河空锁祖龙居。
坑灰未冷山东乱,
刘项原来不读书。

沁园春·军人本色①

　　万里河山,乱世烽烟,赤胆故人。念举义南昌,挥师北上;驱敌抗战,涤荡污尘。铁血男儿,捐生壮士,沙场征夫不负春。流年去,有万家安泰,天下荣新。

　　当歌绿色军营,器宇在、红星②戎马身。忆精神抖擞,气吞如虎;年华付与,自在清贫。尽瘁鞠躬,襟怀正大,解甲归来不采蓴③。放眼量,看三军威武,四海安宁。

【注释】

①步宋代陆游同名《有感》词韵。②"红星"是六五式军帽上的五角星,年轻人大都不知道,特解释。③"不采蓴"中的"蓴"是莼菜。对应陆游的"闲采",本处"不采"之意是军人本色不减。

【说明】

我曾是一位军人。本词为八一建军节96周年而作,特填《沁园春·军人本色》。

作于2023年8月1日

第三十二章　鹧鸪天

鹧鸪天·立冬

今日寒风催立冬，半天飞叶绕帘东。眼前银杏枝黄处，恰似蝴蝶树上惊。

多少梦，月明中，春秋过后总多情。不知飞雪何时到，守着梅花问路程。

鹧鸪天·今霾与旧景

烟抹山林翠荫忧，霾吞塔顶锁高楼。阳光竟日无颜色，月暗尘埃挂满钩①。

回望眼，是离愁，青山绿水荡扁舟。小桥溪绕村前树，巷陌花繁雨细柔。

【注释】
① "钩"指月牙儿。

【说明】
这几天北京又重度雾霾，上阕写京郊颐和园霾景。下阕忆起40年前在昆明湖荡舟，以及游西郊村巷，遇小雨情景。

作于2017年3月23日

鹧鸪天·军功章

万里长征铁锁寒，茫茫草地走泥丸。红军傲骨一腔血，不灭敌人誓不还。

路漫漫，九重天，人间炼狱唱阳关。我曾戎马屠妖剑，为有菇云①戈壁滩。

【注释】
① "菇云"指蘑菇云，即原子弹爆炸后升起的蘑菇状云团。

【说明】
我曾西出阳关，成为戈壁滩上的一位防化兵，见证了我国核弹爆炸的壮景。中国人民解放军建军 93 周年之际，现填《鹧鸪天·军功章》献给所有军人。

作于 2020 年 8 月 1 日

鹧鸪天·贺嫦娥五号挖月土归来

一箭穿云上九天，嫦娥奔月我心牵。此前多少邀明月，仰望长空酒斗千。

人有梦，梦中欢，欲和娥女共耕田。挖回月土刚刚落，玉兔争飞一起还。

【说明】
昨天嫦娥奔月取土归来，刚一落地，突然从"船舱"落处蹦出一只玉兔。兴奋之中特吟《鹧鸪天·贺嫦娥五号挖月土归来》，贺喜言欢。

作于 2020 年 12 月 18 日

鹧鸪天·月是故乡月

火树银花万簇开，此时明月故乡来。那年十五和伊看，今日元宵入梦怀。

一转眼，鬓丝白，西楼月满久徘徊。每当牵挂人来去，都付相思望月台。

【说明】

今日是辛丑年的正月十五。每逢月圆思亲朋，望月长生情，特填《鹧鸪天·月是故乡月》以咏怀。

作于 2021 年 2 月 26 日

鹧鸪天·寒食节[①]

寒食绵延两千年，一声肠断祭忠贤。中华自古丰碑里，记取功名兴废间。

别离远，梦如烟，万家追忆烧冥钱。清明祈祷人垂泪，岁月悠悠已惘然。

【注释】

① "寒食节"：相传春秋时期，晋国公子重耳为躲避祸乱而流亡他国长达 19 年，大臣介子推始终追随左右、不离不弃，甚至"割股啖君"。重耳励精图治，成为一代名君"晋文公"。但介子推不求利禄，与母亲归隐绵山，晋文公为了迫其出山相见，下令放火烧山，介子推坚决不出山，最终被火焚而死。晋文公感念忠臣之志，将其葬于绵山，修祠立庙，并下令在介子推死难之日禁火寒食，以寄哀思。古代清明前一两天即寒食节。

【说明】

特填《鹧鸪天·寒食节》以咏怀。

作于 2022 年 4 月 3 日

鹧鸪天·忆毛泽东横渡长江

滚滚长江横渡人，白发击水有遗文。怒搏急浪三千里，盖世惊天泣鬼神。

寻好梦，梦成真，沉舟侧畔起风云。黄鹤一去①龟蛇②静，会有新帆过坝门③。

【注释】
①"黄鹤一去"引自唐代崔颢的"黄鹤一去不复返"。②"龟蛇"指武汉长江大桥边上的龟山和蛇山。③"坝门"指长江三峡大坝。

作于 2023 年 7 月 16 日

鹧鸪天·思友人

别绪流年岁不停，小楼秋雨又三更。衾寒枕冷回思梦，却忆一生一世朋。

人杳杳，雁鸣鸣。静无言语此时情。起来单等窗前月，倚遍阴云半夜灯。

【注释】
昨夜一阵雨，半夜思绪。人一生许多朋友来去，过往回思一程又一程，更暮年闲思，感慨万千，特填《鹧鸪天·思友人》以咏怀。

作于 2023 年 10 月 4 日

第三十三章　浣溪沙

浣溪沙·思秋

夜半灯明梦不成，相思又在小楼东。秋风秋雨去无声。
人若如初心似海，尽收千苦照星空。惊涛起伏更多情。

浣溪沙·初冬轻雨

细雨绵绵似雪寒，万花纷谢入泥丸。人与花残共心酸。
有道冬来春暗探，轻弹日月万般弦。拈诗入酒是清欢。

【说明】
今晨推门，细雨声声入耳。这是今年入冬以来看到的第一场细雨，远山似绒雪轻盖。激动之余特即兴吟《浣溪沙·初冬轻雨》。

浣溪沙·悼吴孟超

愿念人间有幸福，今生一世点微烛。丹心一片是愁无。
吐尽芳菲千百度，天涯明月照归途。超凡孟夏[①]去东吴[②]。

【注释】

①"孟夏"指农历四月,夏季的首月。吴老农历四月十一离世。②"东吴"指江浙一带。吴老谢世之地。"超凡孟夏去东吴"意指农历四月有超凡之人离开我们去了东吴。句中藏"吴孟超"之名。

【说明】

以此悼念这位平凡而伟大的医生。

作于 2021 年 5 月 28 日

浣溪沙·生日

腊月初一数九天,龙安①大雪破窑寒。我生拂晓北风残。
家境贫穷无灶炭,呱呱坠地絮棉缠。那时一九四八年。

【注释】

①"龙安"指陕北延安市的龙安村,我出生在此地。

【说明】

我生于1948年腊月初一的早晨七八点钟,特填《浣溪沙·生日》,纪念我来到世间的日子。

作于 2022 年 1 月 3 日

浣溪沙·心系西安抗疫时

千里冬云数九寒,月摇疏影望长安。秦直古道①是乡烟。
鞍马一生忧父老,灞桥折柳②雁思还。此轮瘟疫几时完?

【注释】

①"秦直古道"是秦始皇修的世上第一条高速大道,至今 2000 多年,从咸阳到包头,途经我的故乡陕北。②"灞桥折柳"指古人离别长安,灞桥折柳相送。这里指离雁思归。

【说明】

年末,西安新冠疫发,殃及延安。这让在外的游子十分挂念家里人,特吟《浣溪沙·心系西安抗疫时》。

作于 2022 年 1 月 8 日

浣溪沙·忆少年时的端午

端午邻家香粽黏,童心未改倚门前。无猜少女卷珠帘。

彩线轻缠红玉臂,小符斜挂绿云鬟。佳人相见一千年。

【说明】

小时候端午风俗,临家少女胸挂香囊,手臂缠五彩线,头插艾草,笑着挑开门帘,映入眼帘的是她的打扮。本词表达年少时的暗恋。

下阕引自宋代苏轼《浣溪沙·端午》。

作于 2022 年 6 月 3 日

第三十四章　临江仙

临江仙·中秋赏月

月满西楼秋正浓，渊潭①尽染霓虹。凭栏倚在玉桥东，华灯照处，和月共朦胧。

遥望银盘千百度，嫦娥②舞袖娉婷。仙街车水马龙中，桂花香里，一梦到天宫。

【注释】
①"渊潭"指北京的玉渊潭。②"嫦娥"指月亮，也指嫦娥。

【说明】
今天过中秋，吾遥望天宫想开去……

作于 2016 年 9 月 15 日

临江仙·国庆 70 周年，读岳飞《满江红》《小重山》两首词有感

一代天骄千古影，是非成败谁评？尽忠浴血断头声。江山依旧在，功烈已成空。

仗剑屠妖尘与土，八千里路刀丛。狼烟又起卷西风。边关有战事，军民敌忾同。

【说明】

我在上小学时读过《岳飞传》，岳飞对我的世界观影响很大。老了每每读起岳飞的这两首词就感慨万千。

今天特以此词献给国庆 70 周年，让我们不忘初心，砥砺前行，再创辉煌。

作于 2019 年国庆节

临江仙·冬至人念念

岁末梅花迎雪，冬至饺子如年。阳生万物尽开颜，远行人念念，凝望万重山。

今夜诗兴邀醉，玉钩帘外无眠。光阴不负少年欢，老来长枕梦，千里共婵娟。

【说明】

今日冬至，特吟《临江仙·冬至人念念》。

临江仙·武汉樱花开

往期樱开人似海，满城皆是香胭。穿林看尽丽人欢，攀枝倚处，如梦遇天仙。

今岁樱花开也未，雨中垂泪阑珊。有心莺啭探花间，奈何瘟疫，荆楚锁三关①。

【注释】

① "三关"指汉口、汉阳、武昌三镇的关口。

【说明】

想起往年武汉三镇樱花盛开，到处香雪丽人行。我曾专程去武汉大学看过樱花。而今樱花殷勤地为人开放，却因防控，三镇闭关，林空人稀。但愿疫情早日结束，让武汉人民释怀踏青赏花。

作于 2020 年 3 月 2 日

临江仙·小满忆姑苏城

五月轻雷迎小满，风调雨顺桑田。云端赤日夏长天。古城寻阆苑①，似梦已经年。

半月清池摇柳懒，远来人倚栏杆。姑苏枫桥乐游船。几多心意在，灯火对无眠。

【注释】
① "阆苑"是神仙居住的地方，这里指仙境。

【说明】
今日小满，想起 46 年前夏天（小满）去苏州。北方汉子第一次到苏州，有许多感慨和梦，特别是张继《枫桥夜泊》的诗境，阿炳《二泉映月》的琴韵，传说《唐伯虎点秋香》的秋香美，街边唱评弹的吴语咿呀，等等。那时我 20 开外，青春荡漾，也真的去苏州街巷园林寻找诗境琴韵和秋香美的影子。今天特在小满填成《临江仙·小满忆姑苏城》，怀思那年那月的姑苏城。

作于 2021 年 5 月 21 日

临江仙·小雪

小雪时节风乍起，扶摇叶树分飞。深知冷暖鸟急归，前行路上，风浪向斜推。

草木枯寒声断续，似言倾诉心扉。去年此日雪霏霏，今天怎不？弄彻万枝梅。

【说明】
今日是小雪，北京无雪，刮起五六级大风，风吹得人站不住，鸟也斜着往家飞,特吟《临江仙·小雪》以咏怀。

作于2021年11月22日

临江仙·咸宁公安

军号劲吹将士血,更生威武东风。阅台沙场气如虹,龙腾虎跃,干警点兵声。

瘟疫横来一院静,教人忧倚千重。念得多少帐前戎[①],令行驰骋,保卫一方宁。

【注释】
① "戎"指兵。

【说明】
特为好友赋诗一首。

临江仙·秋思

碧阔薄云高万里,曦微露滢霓裳。秋风剪彩吐幽香,琳琅硕果,羞抹粉红妆。

远色斑斓收不尽,眼花缭乱思量。逝年疏影怨流光,霜华淡墨,品韵断柔肠。

【说明】
恰逢中秋,花好月圆,最美秋实,万家欢乐。故填词《临江仙·秋思》,以词赞美秋天,品味秋韵。

第三十五章　南乡子

南乡子·春雨

　　烟雨剪泥香,嫩草初心画醉妆。沐绿春光无限好。疯狂,万树争开欲探墙。

　　滴翠复斜阳,粉黛斑斓依日长。人在此时神忘岁。连忙,收尽江天还断肠。

【说明】

昨天是入春以来北京第一场像样的雨。我爱看冬天的雪,更爱淋春天的雨,凉爽释襟怀,更有花香语,遂填《南乡子·春雨》。

作于 2017 年 3 月 24 日

南乡子·英雄志未酬

　　千古竞风流,烟雨蒙蒙往事休。铁马金戈兴衰路,悠悠,杂草丛生野外丘。

　　仰望月华收,数尽银河点点稠。欲问群星知我否?无由,前有英雄志未酬。

作于 2020 年 12 月 26 日

南乡子·刮大风

四月末，刮大风。半天晴朗半天疯。滚滚黄尘呼啸过。怜花落，无奈惜春别巷陌。

【说明】

这几天，京城每天上午天气晴好，下午风卷如涛。可怜正开的花朵，她们依依不舍地离别枝头，飞舞在地头巷陌。令人怜惜。今春又过矣！特填《南乡子·刮大风》以咏怀。

作于 2022 年 4 月 22 日

南乡子·寒露前游颐和园

日月总无忧，花落随风好染秋。霜叶飞时寒露重，悠悠，片片红颜志未休。

我倚夕佳楼①，远望瑶池②点点舟。更忆韶华谁复在？白头，立尽斜阳似少游。

【注释】

①"夕佳楼"是颐和园湖东北岸的小楼，取自陶渊明《饮酒诗》中"山气日夕佳，飞鸟相与还"一句。乾隆《夕佳楼》："山气横窗水气浮，揣称名署夕佳楼。漫云津逮陶彭泽，还觉当前胜一筹。"据传此楼是慈禧观西山夕阳和湖景的最佳处。②"瑶池"指颐和园的昆明湖。

【说明】

前天推着 90 岁高龄的岳母去颐和园一游，赏颐和园昆明湖和西山的秋色美景，又忆起 56 年前我第一次来京游颐和园的情景，感慨万千。今天又是寒露节，特填《南乡子·寒露前游颐和园》。

作于 2022 年 10 月 8 日

南乡子·元宵月愿

月上柳梢头,元夜①回春闹九州。数点兰苞②花欲吐,轻熟,明日初娥半朵羞。

月倚万家楼,恰似圆颜玉海眸。愿得今年情景好,悠悠,满院生机任性求。

【注释】
①"元夜"指元宵节正月十五晚上。②"兰苞"指此时北京的玉兰树含苞待放。

南乡子·暮冬思绪

人在野闲楼,遥向长安忆旧游。薄雪黄叶滴冷水,悠悠,夜静寒星总是愁。

尘暗燕梁州,风卷荒沙满地飕。一梦觉来听暮鼓,难收,空对镜湖白了头。

南乡子·夏热

热浪惹人烦,连日阳光射入帘。门外出行需快闪,不然,冒火蒸晕对影三。

半裤背心穿,大口喝茶冷面①馋。忽有微风轻路过,欲仙,仰望飞云问雨天。

【注释】
①"冷面"指朝鲜冷面,盛夏吃一碗全身透凉啊!

【说明】

今年入夏,燕赵一带热得难熬,特在纳凉时,作词一首。

作于 2023 年 6 月 29 日

第三十六章　苏幕遮

苏幕遮·立春时

立春时，春月早。残雪寒烟，暮色斜阳照。庚子无端新冠闹，夺命惊魂，回首悲情绕。

入牛年，心气好。一院春风，杨柳先知晓。自古除夕连夜炮，瘟疫难逃，万户开吉兆。

【说明】

今天立春，明天小年，再过7天迎来辛丑年春节。有人告诉我，自古传下来的除夕夜，千家万户在同一时间放鞭炮，其本义是驱邪消灾，后来演绎成欢乐庆祝，这是不正确的。我查了一下历史资料，好像有点道理。因为炮仗里有硫磺，可以杀死病毒和瘟疫。所以古人总结："瘟疫始于大雪，发于冬至，生于小寒，长于大寒，盛于立春，弱于雨水，衰于惊蛰，终于春分，止于清明。"

为此作《苏幕遮·立春时》以咏怀。

作于2021年2月3日立春

苏幕遮·大地回春

日光柔，风雪软。大地回春，烟色来天半。泥土微香寒气远。玉树含苞，立在斜阳院。

换薄衫，摘厚幔①。万象更新，又盼相思燕。岁岁春情长梦幻。古往今来，诗酒千千万。

【注释】
① "厚幔"指厚的窗帘。

【说明】
春节刚过，今日破五，万物都争着苏醒，人也期盼着春暖花开，为此特吟《苏幕遮·大地回春》以咏怀。

苏幕遮·刮大风

卷石风，刮不定。万里黄沙，欲锁今年景。二月起风三月劲。四月狂飙，五月风惊梦。

九级风，天震悚。眼看行人，一步三回蹭。泥雨乱飞吸地垄。尘土高扬，呼哨一川横。

【说明】
今春气候反常，几番飞沙走石，5月过了还刮大风，特填《苏幕遮·刮大风》描述刮风情景。

作于2021年5月4日

苏幕遮·暴雨落中原

雨帘急，天倒水。翠色飞烟，叶上珍珠碎。狂泻奔流堤坝溃，咆哮声声，涛怒倾城沸。

看中原，天地泪。恶浪吞舟，不见香车背。今夜乌云来也未，但愿温柔，雨舞荷花醉。

【说明】

昨天燕赵、中原大地，落雨之大，百年不遇，为此特填《苏幕遮·暴雨落中原》以咏怀。

作于 2021 年 7 月 21 日

第三十七章　画堂春

画堂春·春雨

绵绵细雨入泥香，气腾烟绕琼浆。爱淋甘露洗天汤，湿了衣裳。

塞北年方花信，江南日渐芬芳。万千心绪好时光，无限思量。

【说明】
前天细雨，今天二月二，龙抬头，晨吟一首《画堂春·春雨》助兴。

画堂春·除夕邀友共醉

光阴似箭又一年，除夕把酒贪欢。往昔萦绕最常牵，相遇因缘。

料得屠苏[①]易醉，还邀玉液成仙。欲留春夜对无眠，天上人间。

【注释】
① "屠苏"为药酒名，古人农历正月初一饮此酒。据传，喝了屠苏酒，一年之内可以防治百病，保平安。

【说明】

除夕夜,家家户户对酒祝团圆,祈福来年好运。每逢年夜,我总会忆起一路相遇、相交的同学、同事。因此酒量虽微,也要举杯邀友共醉。

第三十八章　鹊桥仙

鹊桥仙·文昌海边夜宿

烟波浩渺，涛声呼啸，灯火琼阁唱晚。南国海上月清闲，畅辽阔、天宽地远。

晨曦倚翠，风和撩碧，椰树勃发冲冠。红林万亩绕藤潭，品不够、弦情恨短。

【说明】

12月20日（农历十一月初十），应邀去文昌参加"一带一路"理论研讨会，恰是北京雾霾红色预警时，吾正夜宿文昌海边，晨起兴致踏岸，又观八龙湾红树林湿地，此地负氧离子爆表，自古长寿者众。陶醉之余填词一首留念。

作于2015年12月20日

鹊桥仙·手机微信

传情万里，飞鸿九重，弹指鹊桥微信。荧屏岂在喜相逢，更未尽、心心相印。

古人何处？东坡[①]在否？难忘十年离恨。手机若是当初时，夜来梦、且聊且近。

【注释】

① "东坡"指宋代词人苏轼。上阕描述今人用手机交流沟通的情景,下阕反思苏东坡与妻十年生死两茫茫,书信全无的苦衷,反衬有手机的妙处。

【说明】

话又说回来,如果东坡当初有手机,后人怎能吟诵到一首千古绝唱、感人泪飞的词呢!

作于 2019 年 1 月 17 日

附:

江城子
宋 苏轼

十年生死两茫茫,不思量,自难忘。千里孤坟,无处话凄凉。纵使相逢应不识,尘满面,鬓如霜。

夜来幽梦忽还乡,小轩窗,正梳妆。相顾无言,惟有泪千行。料得年年肠断处,明月夜,短松冈。

鹊桥仙·高考放榜时

寒窗耕读,暑门赶考,吊胆提心交卷。梦中发榜有名时,任泪雨、江河泛滥。

今晨微信,几回想看,又怕朝思梦断。点开一眼见高分,更满面、哭出笑脸。

【说明】

这几天各省高考分数线可在微信查询了,成千上万个考生坐卧不安,今见一考生查看手机,得知自己高出一本线 50 多分,激动得哭出声来,全家热泪盈眶,兴奋不已。我为他们开心而即兴填词一首。

作于 2021 年 6 月 25 日

鹊桥仙·初冬大雪

秋红月季，正欢逢雪，白了一身还懒。不宣而至漫天寒，便落了、梨花一院。

鸟飞声咽，雁离啼远，风舞黄蝶和燕。三山五园①雪如银，看不够、风光无限。

【注释】

① "三山五园"指北京西郊的山和园。三山：香山、玉泉山、万寿山。五园：静宜园、静明园、畅春园、圆明园、颐和园。

【说明】

入冬以来，坚强的月季含苞待放。前天突然一场大雪，压得红粉月季直不起腰来。今天北方大部分地区仍在飞雪，特吟一首《鹊桥仙·初冬大雪》以咏怀。

作于 2021 年 11 月 9 日

鹊桥仙·咏老

古来青史，桑榆暮景，日月流光不驻。人生在世莫徘徊，又启在、春花碧树。

记得酣梦，念怀憧憬，为有功名征路。而今鹤发养天年，放眼量、霞云静处。

【说明】

人老了更有闲趣看万物风情，云卷云舒。莫道桑榆晚，为霞尚满天。

唐代刘禹锡、白居易二人同龄，时年 64 岁。白居易作诗一首《咏老·赠梦得》，有点老来悲观，刘禹锡回敬了一首。

附：

酬乐天·咏老见示
唐　刘禹锡

人谁不顾老，老去有谁怜。身瘦带频减，发稀冠自偏。废书缘惜眼，多灸为随年。经事还谙事，阅人如阅川。细思皆幸矣，下此便翛然。莫道桑榆晚，为霞尚满天。

咏老·赠梦得
唐　白居易

与君俱老也，自问老何如。眼涩夜先卧，头慵朝未梳。有时扶杖出，尽日闭门居。懒照新磨镜，休看小字书。情于故人重，迹共少年疏。唯是闲谈兴，相逢尚有馀。

【说明】

而今吾辈桑榆之年，也学二位先人《咏老》，便填《鹊桥仙·咏老》。

作于 2023 年 5 月 27 日

第三十九章　青门引

青门引·听雨看雪

初雨含春冷，忽又雪飞霜冻。层林尽染画魂中，半山云户，装点在仙境。

楼前嫩草风吹醒，墙上探红杏。忙得雨后归燕，声声唱彻好光景。

【说明】

昨天午后细雨，入夜雨声似歌。黎明雪染如画。雪雨过，莺飞燕舞，杏花欲开，垂柳摇曳，春意盎然，特作《青门引·听雨看雪》以咏怀。

作于 2021 年 3 月 1 日

青门引·赞"问天"[①]登上火星

仰望星空静，宇宙有无边境？长思寂寞月胧明，李白诗酒，苏轼弄清影。

"问天"直上云霄顶，似梦惊人醒。万古火星迷处，祝融闲步深深景。

【注释】

① "问天"着陆并让"祝融号"在火星闲庭信步。

【说明】

这是中华上下五千年来登上火星的第一次壮举，显示了民族的智慧和国力的强盛。可庆可贺！特填《青门引·赞"问天"登上火星》以咏怀。

【说明】

人们常常望天而吟诵李白的"举杯邀明月"和苏轼的"明月几时有"，勾起对宇宙空间无限的思绪和猜想。如今"问天"打开了火星奥秘的一扇门，假如李白、苏轼还在，不知会有何等的千古绝唱。

作于 2021 年 5 月 17 日

青门引·高考

学子寒窗苦，十二年烟雨路。书山奋志少年心，今晨赶考，明日又何处？

铃惊考点冲出虎，书在天空舞。更有放飞朱颜，开怀笑向丛林兔。

【说明】

昨天全国 1000 多万学子高考结束。他们一出考场，如小鸟般飞翔，飞向妈妈、飞向老师、飞向社会、飞向未来。为此特填《青门引·高考》以咏怀。

作于 2021 年 6 月 10 日

青门引·记汤加火山喷发

倒海山鸣动，天裂地崩云恐。岩浆四射火狂喷，尘埃万里，海水向天涌。

人间噩梦长惊醒，灾害来时悚。那堪更被蝼蚁，家园破碎如刀捅。

【说明】

1 月 15 日，汤加火山喷发，特作《青门引·记汤加火山喷发》。

作于 2022 年 1 月 22 日

第四十章　生查子

生查子·人生爱看春

人生爱看春，花落一帘梦。何处是荣华，四大皆成空。当今人月圆，更喜梧桐影。把酒问青天，化作多情种。

【说明】
词意：人生恨短，莫恋浮云，活在当今，康泰开心。

生查子·立夏

去年立夏时，都在家中守。瘟疫闹心头，遥寄相思豆。今年立夏时，国人重抖擞。千里共东风，相见一壶酒。

生查子·赞张桂梅

桂花万里香，梅雪千重染。日月照山川，化作初心暖。天高路远时，人与寒江喘。待到凤凰[①]飞，点亮千灯盏。

【注释】
① "凤凰"指张桂梅培养的贫困家庭的女学生。

【说明】

此词有感于张桂梅的优秀事迹而作。她不愧是时代楷模，不愧是杰出女性，不愧是党的"七一勋章"获得者。

作于 2021 年 6 月 30 日

第四十一章　清平乐

清平乐·双节共庆

双节共庆，明月千秋影。遥望星空长入梦，天上人间憧憬。

嫦娥奔月寒宫，今昔问取谁同。如若无人对饮，乘风飞去灯红。

【说明】

今年国庆节和中秋节为同一天。人生难得几回有，特吟《清平乐·双节共庆》。

作于 2020 年 10 月 1 日

清平乐·谷雨

和风谷雨，丽景织罗绮。娇柳多姿千万缕，人与桃花同季。

一壶春绿香茗，几枝新叶娉婷。百啭歌喉莺燕，斜阳水秀山明。

【说明】

谷雨时节，满处花发，遍地新绿，品味新茶一杯，遂填《清平乐·谷雨》。

作于 2021 年 4 月 20 日

第四十二章 一剪梅

一剪梅·人生感怀

年少流光从未愁,半世风流,更上层楼。天南地北任鸿猷①,志在神州,岁月悠悠。

解甲归田竹径幽,淡饭粗粥,对酒银钩②。教人回首醉春秋,才下眉头,又上心头。

【注释】
① "鸿猷"指宏伟的事业。② "银钩"指弯月。

作于 2020 年 8 月 15 日

一剪梅·连阴秋雨

烟雨绵绵戏晚秋,来也飕飕,去也啾啾。打荷滴翠弄轻柔。雾浅悠悠,云厚游游。

推帘望见路人愁。欲上西楼,怎下田头?借问农夫何所忧?雨日难休,禾谷难收。

第四十三章 钗头凤

钗头凤①·陆游与唐婉情思（三首）

（一）②

青梅酒，竹马口，举杯邀醉难回首。沈园径，钗头凤，棒打鸳鸯，分飞愁醒。病、病、病。

相思扣，唐婉手，陆游离恨人消瘦。风摇柳，长倚久，悲伤离索，激怀情寞。梦、梦、梦。

（二）③

青梅酒，竹马口，举杯邀醉千回首。胸中悦，一腔血，棒打鸳鸯，分飞难说。喧、喧、喧。

相思扣，唐婉手，陆游长梦人消瘦。风声咽，深情切，悲伤离恨，更千千结。愴、愴、愴。

（三）④

凭栏久，重逢酒，梦魂千里寻知友。今日别，明成决，一对鸳鸯，分飞忧惙⑤。孑⑥、孑、孑。

人依旧，难回首，镜中颜色桃花瘦。风声咽，心情切，悲伤离恨，有千千结。愴、愴、愴。

【注释】

①"钗头凤"指古代女子发髻上的凤头首饰，女方往往作为订婚信物送与男方。②从

133

《中华新韵》仄声韵。③从《词材正韵》入声韵。④从《词林正韵》入声韵。⑤"愬"指忧愁。⑥"孑"指孤单。

【说明】

古人《钗头凤》上下阕的后半部多用入声韵,所以本词(二)(三)从《词林正韵》入声韵。又考虑到现代词谱已没有入声韵,特又作了一首(一),从《中华新韵》仄声韵。

附:

钗头凤

宋　陆游

红酥手,黄縢酒,满城春色宫墙柳。东风恶,欢情薄,一怀愁绪,几年离索。错、错、错。

春如旧,人空瘦,泪痕红浥鲛绡透。桃花落,闲池阁,山盟虽在,锦书难托。莫、莫、莫。

钗头凤

宋　唐婉

世情薄,人情恶,雨送黄昏花易落。晓风干,泪痕残,欲笺心事,独语斜阑。难、难、难。

人成各,今非昨,病魂常似秋千索。角声寒,夜阑珊,怕人寻问,咽泪装欢。瞒、瞒、瞒。

作于2021年8月7日

第四十四章 南歌子

南歌子·七同学相聚

小聚朝阳店，淮滨宴酒茶。鸿笛贯耳韵无涯，玉树虹明新见、忆年华。

一梦同窗远，相邀共晚霞。别离四十校时"妈"，请问尊名大姓、那人家？

【说明】

2015年4月18日，在京7位老同学小聚于朝阳某饭店，由淮滨做东，东明要吃烤全猪，鸿星吹起葫芦丝，我与贾玉英40年后初见，认不出来，问她何许人家。词中"鸿"指王鸿星，"玉树虹明新见"分别是贾玉英、李树萍、王秋虹、贺东明、刘新华5位同学。"校时'妈'"的"妈"指那时全班唯一当了孩子妈的贾玉英。宴后填词一首留念。

作于2015年4月18日

南歌子·寒流冷

银雪天空舞，红鱼冰下游。凝情不语捧轻柔，生怕梨花落地、惹人愁。

冽冽寒流涕，呼呼风泣抽。跑回床上取棉猴，裹得严实出去、入银舟。

【说明】

今日北风寒流急促,银雪飞舞,气温骤降,特填《南歌子·寒流冷》。

作于 2020 年 12 月 13 日

南歌子·白露

秋雨声声落,菊花朵朵黄。清风枝动吐幽香,湖草蒹葭深浅、水中央。

白露生寒色,天凉碧玉霜。绕行堤畔问鸳鸯,冷了夫妻会否、去南方?

【说明】

今日白露,兴致中填词《南歌子·白露》。

作于 2021 年 9 月 7 日

第四十五章　念奴娇

念奴娇·故宫行

深宫御殿，望朱阁龙楣，眼空①皇上。数百年前威武地，紫禁城中谁往？多少烟云，康乾②故事，人去金銮凉。曾经盛世，落得尘锁门框。

遥想慈禧当年，东华③嫁了，是个羞模样。岂料垂帘听变法，滚滚洪流难挡。风雨狂澜，戊戌变法，四海翻惊浪。兴衰成古，忆还一阵惆怅！

【注释】

①"眼空"意为"不见"或"没看到"。②"康乾"指康熙和乾隆皇帝。③"东华"指故宫东华门。

【说明】

重游故宫，特填词《念奴娇·故宫行》以咏怀。

作于 2016 年盛夏

念奴娇·登天安门有感

巍峨肃立，望长空万里，六百年纪。清瓦明梁尊九五，阅尽兴衰来去。大典台前，铁戈金马，多少英雄迹。落潮还起，看江山总相续。

我欲眺远登高，殿堂依旧，不见明朱棣。盛世康乾催战鼓，清末家国悲剧。日月同辉，人民万岁，此吼超千帝。雕栏犹在，未来遥想无数。

【说明】
登上天安门后，我随想无数，特吟《念奴娇·登天安门有感》。

作于2019年2月19日

念奴娇·怀念周恩来

月斜窗外，梦游处，千古风流人物。指点江山担正义，赤子情怀倾注。先辈何求？船工摇橹，为有前头路。东西南北，壮山河，气如虎。

却忆翔宇①当年，无私无畏，舍己为民主。青史功名都付与，到处燕歌莺舞。志远心高，家国万事，不让工农苦。潮来风怒，而今还，问忠骨。

【注释】
① "翔宇"是周恩来的字。
【说明】
2021年是周恩来离世45周年。今天特填《念奴娇·怀念周恩来》，以表缅怀。

作于2021年1月8日

念奴娇·国庆随想①

气吞骄虏②，把江天碧染，立国人物。铁马金戈驰骋地，踏破巢穴断壁。宣诏③城楼，震世宏声，更喜梅花雪④。东风万里，辈出无数豪杰。

遥想年少时间，红巾⑤引路，志在春芽发。崇尚英雄争赤胆，私字⑥灰飞烟灭。歌舞升平，繁花似锦，正是青丝发。梦魂无限，载情千古明月。

【注释】

①本词步苏轼《念奴娇·赤壁怀古》词韵和萨都剌句式而作。②"气吞骄虏"引自张元干的《贺新郎》，"骄虏"古指傲慢的北方入犯者。这里指消灭了强悍的敌人。③"宣诏"指毛泽东在天安门城楼上宣告中华人民共和国中央人民政府成立。④"更喜梅花雪"出自毛泽东的《七律·冬云》："梅花欢喜漫天雪，冻死苍蝇未足奇。"⑤"红巾"指红领巾。⑥"私字"是指在那个年代，党和国家教育人们要"无私"和"忘我"工作。

【说明】

今天是国庆节，新中国成立72周年之际，我特填《念奴娇·国庆随想》，以表庆祝。

作于 2021 年 10 月 1 日

念奴娇·端午节想开去

思量今古，人道是、各领风骚离远。屈子①投江，以身殉、亡楚忠魂自断。一统秦王②，邢台咽驾，盖世生千怨。江山易主，乱烟纷扰争战。

苏轼怀古周郎③，后人登赤壁，英雄换遍。一代豪杰，业未就、却被诋欺无限④。思我中华，深情长念想，渭泾谁辨？壮山河者，气吞时势多舛。

【注释】

①"屈子"指屈原。②"秦王"指秦始皇。③"周郎"指三国周瑜。④"诋欺无限"出自晋袁宏《后汉纪·光武皇帝纪》，"诋欺"意为毁谤丑化。

【说明】

在祭奠屈原及功盖山河先人之日，特填《念奴娇·端午节想开去》以咏怀。

作于 2023 年 6 月 22 日

念奴娇·抗美援朝胜利 70 周年[①]

　　七十吊古，念英雄，洒酒长天千斛。为保家国多壮志，血染他乡瞑目。数万魂灵，献身高地，冰雪无边木[②]。西风凛冽，赴汤还喷霜竹[③]。

　　回首岁月如流，年华去也，一代离人曲。国泰民安无战事，以弱胜强开局。歌舞升平，繁华市里，变换灯红绿。帆樯南海，又兴风浪逼屋[④]。

【注释】

①步宋代辛弃疾同词牌入声韵。②"无边木"指战士冻成僵木、冰雕。③"喷霜竹"是吹笛之意。比喻军号。出自宋代黄庭坚《念奴娇·断虹霁雨》："老子平生，江南江北，最爱临风笛。孙郎微笑，坐来声喷霜竹。"宋代辛弃疾《念奴娇·登建康赏心亭呈史致道留守》："片帆西去，一声谁喷霜竹？"④"屋"喻为中国。因步韵而为之。

作于 2023 年 7 月 29 日

念奴娇·读王安石[①]变法有感

　　安石变法，古今同、宦海浮沉无数。指点江山何处是？难破威权老腐。得道惊天，贬谪涂地，屈子[②]咽离楚。几番风怒，几番烟雨悲处。

　　却忆上下千年，人间换了，肝胆为谁吐？秦统六国疆域阔，任便凭说成古。前辈初心，后生歧径，断续兴亡路。功名付与，神鸦一片舌鼓[③]。

【注释】

①王安石为北宋政治家、思想家、文学家、改革家。王安石变法最终以失败告终。

②"屈子"又名屈原，是战国时期楚国的爱国政治家、改革家，上下求索而不得志，楚国灭，其投江。

③ "神鸦一片舌鼓"取自宋代辛弃疾《永遇乐·京口北固亭怀古》中"一片神鸦社鼓",此处"舌鼓"指聒噪嚼舌的乌鸦。

【说明】

读古史,易动容,看惯江山社稷,帝王将相,历朝历代,无不为古人砥砺前行而感慨,更恨龌龊刁钻之奸贼,他们狼狈为奸,败了改变历史、功绩卓越人物的名誉,而且往往被定格在乌鸦嘴吐出的史书中,特填《念奴娇·读王安石变法有感》以咏怀。

作于 2023 年 12 月 7 日

第四十六章　摸鱼儿

摸鱼儿·七夕节

又七夕、冷秋烟雨，牛郎织女约去。夜深幽静连桥鹊，飞架汉河①无数。执手住，最爱时、一弯醉月追云路。泪含心语。任棒打鸳鸯，相依脉脉，离恨言如絮。

芳心许，宫锁红颜春误。佳期莺娇仙妒。钟情旷世千回转，长向圆缺倾诉。戈挥舞，十道令、雷鸣电闪掀尘土。姻缘成苦。乍天上人间，星辰万里，也有断肠处？

【注释】
① "汉河"指银河，又叫银汉。

【说明】
天宫为了锁住红颜，派天兵天将挥戈宣旨，将织女和牛郎分离，致使有情人天各一方，只允许他们在七夕相聚。

又道：

　　　　喜鹊连红桥，
　　　　相见恨别离。
　　　　红颜锁不住，
　　　　痴情两相依。

后来人们把这一天作为中国的情人节。愿天下有情人终成眷属。

作于 2016 年 8 月 9 日

摸鱼儿·赛龙舟·抛绣球·嫁娶

忆江南，小桥流水，匆匆端午来去。龙舟桨捣千堆雪，拍岸浪花如雨。芳春女，栏杆倚、楼台腼腆相思许。亭亭玉立。看选手阿郎，绣球中意，情定赛舟季。

缘莫错，错过千丝万缕。心生留驻无计。江村水映鸳鸯对，睑畔①唢呐吹娶。锣鼓起，狮舞地、旌幡满目迎新曲。飘香邻里。正玉面桃花，披红欲嫁，一院醉情绪。

【注释】

① "睑畔"指乡村每户院子外面高处可瞭望的地方，或指村口，可以远望来路。也指"眼前"之意。

【说明】

每年端午我会献词一首，常离不开古今、屈原、粽子，今年我换一种表达方式，讲一对有情人头年在龙舟会相识，次年成婚的故事，以此为素材创作《摸鱼儿·赛龙舟·抛绣球·嫁娶》。

作于 2020 年 6 月 25 日

摸鱼儿·雨天驱车八达岭盘山路

雨纷纷，暮秋寒露，北方阴雨风软。驾车蟠道八达岭，为探雨烟深浅。云不散，雾千缕、紫烟轻绕居庸暗。倚云天远。任我好心情，气倾林野，满目是枫苑。

行一路，湿透衣衫奇幻。似仙游兴赞叹。山容水态留人意，争舞绮罗柔婉。云缦缦，迷恋处、潺潺流水莺喉啭。登高俯瞰。望万里长城，映帘如画，好景欲裁剪。

【说明】

国庆长假登八达岭高处，雨雾中眺望居庸关云烟，长城内外，锦绣大地，一派人间仙境，美不胜收啊！特填《摸鱼儿·雨天驱车八达岭盘山路》以咏怀。

作于 2021 年 10 月 6 日

摸鱼儿·过十三陵[①]

过昌平、帝皇冥处，草荒残瓦苔厚。几经风雨沧桑事，朝换了能知否？曾抖擞，明洪武、安邦治吏平诸侯。黎民顿首。任智者归心，王孙骁勇，二百七十六。

谁能料，一吊煤山成寇。红颜易主清又。长陵水态依然好，唯有亡国坟旧。何所有？更那个、雕栏玉砌寒鸦守。盛衰魔咒。被岁月无情，朝朝暮暮，铁血泐文朽。

【注释】
[①] "十三陵"埋着明朝 13 个皇帝，明朝始于 1368 年，亡于 1644 年，历时 276 年。

第四十七章　浪淘沙

浪淘沙·元宵节

明月碧空圆,春意盎然,元宵火树满城澜。犹记华灯童子①夜,一梦经年。

十五那时间,热闹非凡,灯笼万象舞红天。锣鼓唢呐人涌动,好个贪欢!

【注释】
① "童子"指我的少年时代。
【说明】
年年元宵节,今又元宵节,然而少小元宵节最让人怀念,特吟《浪淘沙·元宵节》,以表达心情。

作于 2016 年 2 月 22 日

浪淘沙·登山拾趣

独自倚台楼,放眼神州,东南点点绿森丘。日月天空同照我,沐浴清幽。

步上角亭休,四面风柔,襟怀顿畅放歌喉。踏破青山行陌路,高处回眸。

【说明】

北京天气晴好时,我喜欢独自攀爬燕山,走自己没走过的路,一派快活!特吟《浪淘沙·登山拾趣》。

作于 2017 年 5 月 7 日

浪淘沙·夜思

人静月华升,对影帘东,起身邀月总多情。一阵寒风一阵冷,一阵激灵①。

独自望京城,夜色朦胧,此时应是密织灯。乡野鸡鸣声断续,梦也匆匆。

【注释】

① "激灵"即因寒冷而抖动。

【说明】

冬夜月,寒风清,五更又醒,不由词兴,遂吟《浪淘沙·夜思》以咏怀。

浪淘沙·寒露怀思

遥夜月如钩,独立寒秋,华灯数点静幽幽。寒露香尘今古路,天地悠悠。

万事不知休,却上心头,落花流水惹离愁。岁月抛人多少梦,留驻无由。

【说明】

今日寒露,有点"感时花溅泪"和"白头搔更短"之心情,特填《浪淘沙·寒露怀思》以咏怀。

作于 2021 年 10 月 8 日

浪淘沙·写在毛泽东诞辰129周年

在世可撑天，无限江山，功名千古有遗篇。理想国[①]图犹记省，壮阔波澜。

上下越千年，封建皇权，男儿仗剑换人间。意与时驰[②]悲断续，沧海桑田。

【注释】

①《理想国》是古希腊柏拉图著作。他的主要观点是国家要主张正义，反对不平等和剥削，国家的目的是追求最高的"善"的原则。马克思主义的形成受柏拉图等人的启蒙。
②"意与时驰"出自诸葛亮的《诫子书》："年与时驰，意与日去。"意为岁月流逝，意志随岁月而丧失。

【说明】

毛泽东诞辰129周年之际，特填《浪淘沙·写在毛泽东诞辰129周年》，怀念这位千古伟人。

作于2022年12月26日

第四十八章　贺新郎

贺新郎·看海粟友知青老照片有感（入声韵）

黄土高坡（明）月，数千年、纵横沟壑，阴晴圆缺。锄落①金坡尘满面，追梦流年一页。老照片、羊倌②人杰。沧海一粟微香远，柱灯③明、燃起一腔血。知青路，北风烈。

延川④往事如诗咽。在天涯、平凡世界，苦寒镔铁。岁岁情怀凭栏杆，犹记山梁尺雪。崖畔上、惊魂鸟绝。转眼春风怀今古，几回回、曳杖乡心切。路漫漫，万千结。

【注释】
①"锄落"指农民锄地。②"羊倌"指放羊人。③"柱灯"指油灯柱。④"延川"指延安的延川县。"一页""一粟""一腔血"此处特用了三个"一"，写尽海粟知青岁月。

【说明】
前天海粟发来4张他在山沟劳动的旧照，让人不由感怀，遂填《贺新郎·看海粟友知青老照片有感》。

作于 2020 年 12 月 1 日

贺新郎·由南宋王朝想开去

南宋千年去，似飞沙、烟波入海，绝尘末路。多少将军一腔血，赤胆卫国遭戮。尤可恨、权倾纨绔。伯纪①岳飞空照影，铁窗寒、梦断军中鼓。秦桧恶，宋朝暮。

　　故国遗事忠魂舞。百年前、寻方问路，志鸿飞渡。共富能为人民许，断续风尘与土。却把那、日光永驻。唤醒今人担正义，更东风、浩荡争奔赴。冲霄汉、起鹏举②。

【注释】
① "伯纪"指南宋主战派李纲，被主和派秦桧谗言迫害。
② "鹏举"指岳飞的字为鹏举。这里也指大鹏展翅。

【说明】
特以史为鉴，作《贺新郎·由南宋王朝想开去》以咏怀。

贺新郎·今冬初雪

　　瑞叶纷纷落，刹那间、珠玑遍地，玉颜琼色。万树梨花一夜开，更有人听瑟瑟。伸手拈、凌儿忽没。熟径疑无路，滴水处、堆砌冰针个。抬头望，鸿雁过。

　　曾骑战马弯弓射。在天涯、枕戈怀志，报国心热。叠玉①营房窗不见，依旧炊烟酒客。好战士、守疆为乐。嘶骑归来常看雪，却教人、倚杆孤樽喝。谁伴我，畅辽阔。

【注释】
① "叠玉"指雪下得厚。下阕写我自己出阳关，保家卫国，遇新疆雪景的心情。

第四十九章　酒泉子

酒泉子·记七夕男女一景

今又七夕，手持香花郎未语。舞厅西角椅成空，少女东。暗抛眉眼向东倾，自作多情人更慕。愁思见了恨舌穷，断肠声。

【说明】
今天是七夕情人节，特起意作爱情词一首。

酒泉子·霜降

露冷霜白，叶落小河秋水。倚栏杆，风又起。柿谁摘？星移斗转枫林染，远上争相看。日悠悠，天漫漫。雁徘徊。

【说明】
今日霜降，秋去冬来。红枫不知萧瑟冷，满山遍野竞勾魂。日月复年年，特吟《酒泉子·霜降》以咏怀。

作于 2021 年 10 月 23 日

第五十章　祝英台近

祝英台近·秋思

近秋丛，花淡处，烟雨转珠露。一阵风凉，把个醉心妒。唤起无限浓情，眉开画卷，看不够、残红秋暮。

千百度，春花秋月归期，都被梦中误。犹念之初，放眼向新簇。又闻枫叶飘香，还年永驻。教人更、长怀倾诉。

【说明】

秋色是一幅美丽的画卷。今晨又雨。品读："春花秋月何时了？往事知多少。""众里寻他千百度，蓦然回首，那人却在灯火阑珊处。"每逢秋色雨雾，居家吟宋词，长会秋人两相依，特怀此心绪作《祝英台近·秋思》以咏怀。

作于2021年9月4日

祝英台近·望月

上月台，明月静，千里忆幽梦。少小情怀，长念在仙境。李苏[②]一问千秋，后生[①]诗酒，竟把个、嫦娥梦醒。

有谁懂，相思滋味朦胧，寂寞倚窗更。抬望蛾眉，宫阙弄清影。古人追月销魂，有凭为证。今又是、眼前圆镜。

【注释】

①"后生"是指后来人,或比作自己。②"李苏"指李白和苏轼。这里指李白的"举杯邀明月"和苏轼的"把酒问青天"。

【说明】

闲来夜静常望月,不由得默吟李白和苏轼诗词,别有一番滋味在心头,特填《祝英台近·望月》以咏怀。

作于 2021 年 11 月 28 日

第五十一章　桂枝香

桂枝香·入伏闷热遇雨

　　一身汗水，更湿透罗衣，平添憔悴。夏日中天，袅袅蒸烟千缕。风稀树静炎炉地，一分云、十分盼雨。长空万里，雷声何处？恼人心绪。
　　望西北、黑云乍起。正滚滚惊雷，电闪纵欲。柳暗花低，风卷浪烟吞碧。飞流直下珠帘碎，看河边、川原无际。水侵气肃，顿时凉爽，树袖滴沥。

【说明】
　　昨天是初伏头天，白天闷热难耐，夜幕降临，西北方向电闪雷鸣骤雨，眼看排山倒海，滚滚而来，顿时由闷热变清凉，特作《桂枝香·入伏闷热遇雨》以抒怀。

作于 2021 年 7 月 12 日

桂枝香·盼雨

　　惊雷雨意，正呼啸欲滴，被风吹去。仰望天边云远，响声霹雳。欲追无计多情绪，两分愁、十分盼雨。日出云淡，彩虹别处，慕人烟缕。

念去岁、雨中欢喜，看翠色淋淋，水溪相续。天在凭高润物，九州生气。悠悠我愿逢甘露，唤东风、溉泽千里。放晴临晚，斜辉袅袅，万般清旖。

【说明】

今年京郊少雨，几天前电闪雷鸣，却没下雨，全被风吹跑了。念去年此地雨景……

作于 2022 年 5 月 31 日

第五十二章　武陵春

武陵春·中秋思绪

少小寻思留秋驻,只恐花尘休。年去年来似水流,往事不回头。

花好月圆家万户,歌舞遍神州。浊酒邀杯月倚楼,游子梦、壮鸿猷①。

【注释】
① "鸿猷"指鸿业、理想。

作于 2020 年 10 月 1 日

武陵春·月季花开

看遍京城花锦簇,月季最娇柔。宝马香车五彩洲,色艳丽人头。

姹紫嫣红芳满路,把个醉痴勾。欲收花团入我楼,又怕妒、只能休。

【说明】
5月,北京遍地月季花开,特别是环城道路两旁,被装点得锦绣迷眼,让人看不够，特填词一首。

作于 2022 年 5 月 22 日

武陵春 · 霾天洗花枝

千里黄沙高万丈，一丈一添愁。本是春光花鸟洲，霾重却难休。

眼见花枝心情懒，倦倚不梳头。忙取甘池水洗忧，红泪漫、盈盈流。

【说明】

连续几天北京重度尘霾，花枝一层灰，特填《武陵春·霾天洗花枝》。

作于 2023 年 4 月 11 日

武陵春 · 陕北酸曲

酸曲柔情纯似酒，听醉少回头。黄土万壑沟，深恋越千秋。

遍倚貂蝉①随意处，硷畔②玉颜羞。打小风刮信天游，唱不尽，念悠悠。

【注释】

①"貂蝉"比喻陕北女孩。②"硷畔"是指陕北窑洞院外的一块平地，相当于现在的阳台，是迎送客人和纳凉的地方，古时无通信，少女会在此长相思。

【说明】

我是陕北人，从小听大人唱酸曲。陕北酸曲是不加掩饰的男女爱情白话诗，歌词露骨畅快，曲调婉转，柔情似水，亘古流淌。我很喜欢故乡情调，每听都似回到少年时。

一边听曲一边寻思，特填《武陵春·陕北酸曲》以抒怀。

作于 2023 年 8 月 6 日

第五十三章　醉花间

醉花间·秋分夜

风一阵，叶一阵，还怕纷飞尽。秋雨震雷生，滴露菊花劲。昨夜入秋分，临明填词韵。忆起久别人，念念无微信。

【说明】
昨日秋分，友人邀我作关于秋分的诗词，今早雷鸣雨骤，晨起吟成《醉花间·秋分夜》。秋凉听雷雨，鬓白易怀情，长忆起共同学习工作过的同路人。

醉花间·花与人

春花嫩，夏花俊，艳舞香传信。自古往来人，尽作相思韵。少小醉花间，采丽插青鬓。绮梦复年年，人面如花品。

【说明】
人花两不分，花品且无恨。为此特作《醉花间·花与人》以咏怀。

作于 2022 年 5 月 21 日

第五十四章　定风波

定风波·离武汉回家

一曲离歌送春归。满城别绪泪横飞。武汉方舱惩腐恶。离鄂。凯旋移步眼频回。

南去北还家万里。如意。水门①穿燕②士雄威。大地彩虹天宇阔。顷刻。教人拥抱久依偎。

【注释】
①"水门"指飞机场迎接贵宾的最高规格礼仪。②"燕"指飞机，也喻白衣天使。

【说明】
4200位援鄂天使离开武汉回家。虽然两个多月的分离不算长，但却是奔赴生与死的战场。胜利回到家见到亲人的心情有谁能理解？正是"和泪拥抱话长短，千呼万唤问平安"。为此，特填《定风波·离武汉回家》以咏怀。

定风波·春雨和花

雨落花间疑漏天，丝丝细细律如弦。醉了行人千百遍，留恋，水湿花透任凭栏。

莫笑老翁白鬓角，犹少，玉兰开处起情澜。心雨桃花一树满，风软，春山烂漫是新欢。

【说明】

前两天京城细雨绵绵，雨中春花更婵婉，老夫如醉犹少年，特填《定风波·春雨和花》以咏怀。

作于 2022 年 4 月 2 日

定风波·山涧游兴

闹市喧嚣曾对酌，踏青深涧有欢歌。蝶语双双飞影过，稀客！丽人[①]头上共婆娑。

绿树展眉穿戏鸟，莺叫，山谷弄彻也学舌。我欲和声一放唱，没爽！怕惊蛙梦跳圆荷[②]。

【注释】

① "丽人"借指盛开的花朵。此句意为蝴蝶在花上飞舞。

② "圆荷"指水中的荷叶。此句意为本来我想放声高唱，忽见圆荷上有只小青蛙午睡，唯恐我的吼声吓醒青蛙，使它被惊了好梦而跳水。

【说明】

5 月京郊，风软花香。远离喧嚣，去山涧走一走，则心境澄明，暇逸无限，畅想意开，特填《定风波·山涧游兴》以抒怀。

作于 2023 年 5 月 11 日

第五十五章　水龙吟

水龙吟·赏玉兰花

春分蕊蕾寒残,和煦日照绒毛粒。缀枝丰满,霓裳万点,含羞待语。犹抱琵琶,襟怀半寄,口柔香气。正洁姿傲俏,等良辰到,闺中玉,盈盈喜。

一地雪白园里,吐芳菲、好高娇丽。清儒淡雅,冶芳肌润,静如甘雨。几度相逢,袭人入梦,以身相许。念花期恨短,回回顾看,怕西风泣。

【注释】

上阕写玉兰树含苞待放,下阕写花开之美和我的心情。然而又恨花期太短,以至于怕西风来吹。

【说明】

今日是春分,北京风和日丽,遍地玉兰花开,赏花人如潮水。吾也随波逐流,似有多情,便吟《水龙吟·赏玉兰花》。

作于 2016 年 3 月 20 日

水龙吟·忆儿时吃粽子

糯黏芦叶馨香,浓情出水滴珠露。青衣①束带,怀揣蜜枣,琼肌软黍。气袅飘摇，满屋滋味，让临家妒。记小时心意，未熟难睡，单等那、锅中玉②。

端午早晨勤母，粽衣剥、使童馋肚。酥甜鲜嫩，嘴涎急口，贪食起舞。颈挂香囊，登山采艾，遍插门户。又伸脖看粽，吾娘笑眼，示儿玩去。

【注释】

①"青衣"指粽叶。②"锅中玉"的玉指粽子。端午有挂香囊，采新艾插门户的习俗。

【说明】

小时候家贫，盼过节吃美食。端午未到，就催着母亲包粽子。端午前夜，家中大盆泡着芦叶和马莲，小盆浸透黏米和红枣，母亲将几片芦叶卷成漏斗状，抓米和枣包裹成倒三角，再左手拿粽体，右手取细长的马莲，一头咬在嘴里，右手牵另一头在粽口绕转包扎，一个粽子就成形了。我那个时候就依偎在母亲身旁，看着母亲包粽子。现在回想起来，世界上最好吃的粽子莫过于母亲亲手包的，馋得人能一夜守候在粽子锅边。

如今只要在街边看到卖粽子的，脑海里就会浮现我的慈母包粽子的场景。今天又过端午，特填《水龙吟·忆儿时吃粽子》以念之。

作于 2017 年 5 月 30 日

水龙吟 · 人生的价值

人生太短来还去，春夏秋冬往复。斗转星移，翻云覆水，泣风凌雨。一代先人，起承涛涌，年华终暮。念傲骨忠魂，英雄不悔，为圆梦、长相许。

回首千秋业路，问苍天、全都何处？立志高飞，展翅翱翔，扶摇藤簇。来去赤身，江帆侧过，先忧茹苦。看世纪风云，乾坤朗朗，有东风舞。

【说明】

今天是 59 年前毛泽东号召学雷锋的纪念日。我们这一代人是在"先天下之忧而忧，后天下之乐而乐""燃烧自己，照亮别人"的人生价值观下成长的。如今虽老，回味不已！特填《水龙吟·人生的价值》以咏怀。

作于 2022 年 3 月 5 日

第五十六章　太常引

太常引·男儿的思念

孩儿十九①出阳关②，娘泪别离难。烈马啸长天，踏遍楼兰③未解鞍。

一生追梦，一心征战，忠孝两难全。立尽月窗寒，思念故人④隔远山。

【注释】
① "十九"指19岁。② "阳关"指甘肃玉门关。③ "楼兰"指古代西域国，在今新疆罗布泊和孔雀河一带。我从戎就在此地。④ "故人"指父母，我离别家乡后，陪伴父母的时间不足两年，直至他们辞世。现在想起来很自责。

【说明】
特填《太常引·男儿的思念》以咏怀。

作于2020年11月12日

太常引·昆明二月雪

昆明二月雪如棉，霜冻百花寒。候鸟对长天，雪漫漫、江南见欢。

雁和白鹭，高亢展翅，冷也舞翩跹。吾望在云间，犹记省、滇池远山。

【说明】

前几天，天气生怪，南方大雪，昆明、贵阳等地雪厚数寸。到南方过冬的候鸟随后在雪中起舞。有朋友发来白鹭和雪展翅之美景，特吟《太常引·昆明二月雪》以抒怀。

作于 2022 年 2 月 25 日

太常引·明前飞雪

清明前夜雪风急，似雨似鹅衣。车路水涟漪，任万里、长空醉时。

寒冰绿影，桃花半卷，怕冷玉兰依。春雪晚来兮，人道是、一帘景奇。

【说明】

4 月 4 日夜（次日清明），北京突降雨雪，雨泻似雪，雪鹅织雨，分不清是雨是雪，令长空如醉。

去冬几乎无雪，4 月晚来的雪，让绿影、桃花、玉兰作何感想呢？而人却沉醉在景观奇异之中。

昨夜由浙返京，出机场，一路鹅毛雪，雪打车窗变绒雨。兴奋之中吟《太常引·明前飞雪》。

第五十七章　采莲令

采莲令·党的伟业

百年间，万类霜天赤。莽昆仑、傲然昂屹。笑谈今古，论英雄，海内升红日。摧枯朽、铜驼①换了，八方唱彻，大国河岳②澄碧。

海上翻澜，棹歌樯橹听霹雳。云帆处、狂飙鹤唳。会挽雕弓③，最意阔、旌鼓④同心志。更向远、长风破浪，莺歌燕舞，不负岁华流驶。

【注释】

①"铜驼"指古代放在宫殿门口的铜铸骆驼，比喻朝廷、朝代。②"河岳"指黄河、五岳。③"会挽雕弓"出自苏轼《江城子·密州出猎》中"会挽雕弓如满月，西北望，射天狼"一句，喻继往开来，勇毅前行。④"旌鼓"是古代用以规谏帝王的旌旗和谏鼓，此句喻上下志同道合，方得始终。

【说明】

此词写成于中国共产党二十大召开之际，衷心祝愿中国共产党永葆青春，国家更加强盛，人民安居乐业。

作于 2022 年 10 月 23 日

采莲令·秋转冬

远山疏，月影霜天淡。枫林处、落红一片。树梢残叶，欲飞归、离绪穿林乱。冬到也、篱花色暮，瑶池舞雪，争染人家庭院。

立尽黄昏，便是个、念思无限。流年去、故人难见。万般滋味，不恨老、却把柔肠断。更回首、春风得意，一鸣千里，唤酒樽前宾满。

【说明】

冬月（11月）又去，立尽斜阳。思绪万千，侠骨柔肠。触景生情，忍不住填词《采莲令·秋转冬》以抒怀。

作于 2022 年 11 月 22 日

第五十八章　误佳期

误佳期·秋雨

寒雨湿人帘幕，烟绕秋红果树。十一长假未出门，都说出门堵。

独抱手机闲，又念乡关路。老来常忆少年时，淋雨郎狂舞。

【说明】
刚刚，京西秋雨绵绵，闲来即兴吟词一首。

误佳期·盼雪

大雪时节无雪，遥看长空夜月。婆娑梅影等冰天，人更殷勤切。

千树万枝寒，风冷啼声飑。教人痴倚冻窗前，就盼琼花砌。

【说明】
今日是大雪，北京万里无云，月儿半圆寒风烈，本人又盼梨花雪，特吟《误佳期·盼雪》。

第五十九章　行路难

行路难·回首

路漫漫，人如雁，匆匆过往啼声远。五千年，入尘烟，人间百世，回首古难全。秦砖汉瓦长安道，石马乾陵①草丛老。天苍苍，地洪荒，江水去去，世事两茫茫。

历代乱，亲臣叛，亡国自古纲先断。阻谏言，任鸣銮②，人心向背，祸起惹民烦。开天辟地南湖③梦，摧枯拉朽成一统。望重峦，行路难，今生后世，唯有此遗篇。

【注释】

①"乾陵"指唐高宗李治与武则天的合葬墓，意指唐朝盛世。石马是墓地神道上的雕刻石兽群。②"任鸣銮"指皇权统制。③"南湖"是中国共产党的诞生地。

【说明】

自古以来，历代王朝的兴衰都是建立在奴隶制和封建私有制基础之上的，人民始终处于被统治和受剥削的境地。唯有中国共产党才让穷苦工农得到解放，当家作主。

为此特在中国共产党建党 100 周年之际，作《行路难·回首》以咏怀。

作于 2021 年 4 月 10 日

行路难·多少事，留无计

多少事，留无计，恰如江水向东去。少年心，争成仁，不知我辈可是蓬蒿人。京城巷子深千尺，七拐九弯数重史。志未酬，誓难休，转眼老来诗酒入寒秋。

路漫漫，冲霄汉，雪压冬云劲飞雁。笑一生，舞一生，一生不知劳累抖黄尘。烟沙未改秋风曲，事过千年空寂寂。马蹄频，断肠音，犹唱阳关旗剑戍昆仑。

【说明】

词中出现两个"不知"，第一个不知是指不知道自己的出身，喻蓬蒿人，奋斗很艰辛。第二个不知是不知道在困苦面前回头，喻坚韧不拔。于是少年立志，壮年时西出阳关从戎，中年不懈努力，但京巷太深，暮秋仍念拔剑守昆仑，也有一种李白、杜甫、苏轼"怀才不遇"的悲凉。

作于 2022 年 1 月 26 日

第六十章　八声甘州

八声甘州·夏雨绵绵

　　看湖光烟雨落银花，浅碎竞争流。有风声凄语，树摇滴翠，帘卷①西楼。云水不知归处，一路舞悠悠。巷陌腾浪，车作飞舟。

　　我欲登高临远，把襟怀释放，万里全收。恰京城内外，吹冷似甘州②。好心情、雨中千绪，细思量、人世无须愁。一屈指、最难回首，唯有春秋。

【注释】

①"帘卷"的帘指雨帘。②"甘州"指甘肃的玉门关一带，那里夏天非常凉爽。与词牌名"甘州"同意。

作于 2017 年 7 月 21 日

八声甘州·秋与人

　　正秋风霜叶似春花，簌地树梢稀。有潇潇沥雨，潺潺涧水，锦绣霓衣。塘篱赤红数点，争艳戏澜漪。雾里香山近，枫染（燕）京西。

　　越谷登高临远，望长城内外，雁过戚戚。忆人生世界，往事更依依。想故人、大江东去，看今朝、嘶啸奋蹄驹。怀辽阔、念初心志，万丈晨曦。

【说明】

2017年霜降前后，燕山山脉层林尽染，万般绮丽。恰逢中国共产党十九大闭幕，不由得景与人相映，往事云云，今世迢迢，初心涌潮，特填《八声甘州·秋与人》。

作于2017年10月25日

八声甘州·年交随想

对旧年离远莫回头，回头许多愁。日月星辰转，下望人寰，系我心忧。暴雨洪灾瘟病，忆起泪难收。抗疫惊魂处，不住悲惆。

南北壬寅共度，雪压冬云厚，虹影高楼。是处相约醉，更喜梅花稠。驾东风、虎年威武，盼人间、光照遍神州。春来早、雁归欢语，新岁宏猷。

【注释】

① "下望人寰"出自白居易的《长恨歌》："回头下望人寰处，不见长安见尘雾。"

【说明】

牛年去，虎年来，马上新年钟声敲响。展望未来，我自岿然，信心满满，特填《八声甘州·年交随想》。

作于2022年1月1日

八声甘州·古今英雄知何处

看星辰日月送流年，遗梦落红尘。问故人何处？征帆海阔，气定乾坤。多少江山画里，弦管唱忠魂。但恨狼烟起，覆水翻云。

　　励志登高望远，别酒阳关曲，舍己成仁。遇纷争世界，抖擞几沉沦。想当初，英雄典范，任我辈、刚烈逢知音。而今老、倚栏持酒，庭院深深。

【说明】

　　人生百年一梦，来也匆匆，去也匆匆。纵有凌云志，也是滚滚长江东逝水，浪花淘尽英雄，是非成败转头空。吾辈也如是，特填《八声甘州·古今英雄知何处》以咏怀。

作于 2022 年 12 月 6 日

八声甘州·忆常州

　　忆人生几度醉春风，犹记下常州①。看天宁寺②院，溧阳③湖景，点点渔舟。登上茅山④古刹，怀阔望十洲⑤。更见长江水，浩浩奔流。

　　回首青春岁月，念鲲鹏万里，善翼银鸥。算浪惊拍岸，砥砺至雕䫮⑥。任流年、抛人百度，愿天公与我共无忧。英雄几？难得诗酒，品味清幽。

【注释】

　　①"常州"是我工作过的地方。②"天宁寺"是佛教圣地，建于唐贞观年间，在常州市内。③"溧阳"是常州所辖县，因天目湖风景区而闻名。④"茅山"在常州金坛境内，道教名山，始建于西汉时期。⑤"十洲"是道教传说中的十处仙境，史云："十洲三岛。"⑥"雕䫮"指老年，衰老的样子。

作于 2023 年 3 月 12 日

第六十一章 满江红

满江红·纪念反法西斯战争胜利70周年[①]

乱世惊魂,亡国恨、忆来寒骨。回望眼、万家沦落,生离死别。倭戮"三光"[②]屠血溅,兵戈四野杀声沸。鼓旗急、华夏怒潮澜,膺惩烈。

狂飙起,长城铁;罗网举,顽敌灭。正东风浩荡,飞天揽月。鏖战往昔尘未定,摧枯此后弦频切。莫等闲、截断霸王鞭,图超越。

【注释】
①押古韵入声。②"三光"指日军当时对中国人实行"烧光、抢光、杀光"的三光政策。

【说明】
愿国人勿忘国耻,同仇敌忾,奋发图强,振兴中华。

作于2015年9月3日

满江红·写在圆明园被烧161周年

十月十八,多少恨、一腔仇血。还忆得、北平沦陷,奸淫掳掠。火毁五园[①]金碧泪,大清昏帝行踪灭。更可恶、内乱丧国权，长悲切。

思往事，心如裂。怀故梦，身为业。但狼嘶狗吠，鼠偷贼窃。域外零和空笑谈，凌云壮志吞山岳。怅寥廓、万里正东风，龙飞跃。

【注释】
①五园：静宜园、静明园、畅春园、圆明园、颐和园。

【说明】
今天，特为火烧圆明园161周年作词《满江红·写在圆明园被烧161周年》以咏怀。国人应勿忘国耻，砥砺前行。

作于2021年10月18日

满江红·西望伊犁

西望伊犁，阳关外、碧空鹰阔。天山上，绿杉眺雪，镜湖飞鹤。胡马不知何处去，白云千载匆匆过。如今是、一统啸疆笛，持樽贺。

多少事，光阴迫。曾几何，知音个。正操戈击桨，竞流争舸。立志荒涯无断路，恒心壁垒功名刻。向前进、恰在弄潮中，惩顽恶。

【说明】
潘岳在伊犁河谷寄我《满江红》词一首，遂和之。（新韵）
附潘岳词：

满江红

白石雪峰，伊川阔，乌孙故国。犁与火，长安公主，胡汉村落。黑崖云杉飞流雪，白沙古道旧城廓。冰川上，曾度西天人，东土客。

高原草，白云路，风花起，繁星烁。有天山天马，汉赋唐歌。万里长卷千年酒，蒙藏回汉国一个。好山河，管他朝霞起，夕阳落。

满江红·华为（兼贺国庆）

纵马执戈，冲将去、箭拔弓啸。绝境处、赤天雄胆，九刑十拷①。壮志凌云腾万丈，雄关漫道驰苍昊。到如今、放眼看华为，鹰成恼。

思羞辱，犹未报；怀旧恨，如刀绞。任封喉索命，张牙舞爪。恶霸飞舌狂吠日，蛟龙跃海惊叽雀。挡不住、勇士立潮头，丛中笑。

【注释】

① "九刑十拷"指严刑拷打，由成语"十拷九棒"而来。此处比喻美国对华为的打压。"鹰"指美国。

【说明】

本词为华为 Mate 60 系列手机问世而作。美国使出下三滥手段打压华为，而华为却在锁脖中勇生，真乃"一夫当关，万夫莫开"。壮哉华为！特填《满江红·华为》词一首感怀。

今天也是中华人民共和国的生日，家国 74 年的太平无战事，实在来之不易。正是因为有任正非、钱学森这样的怀国难而不忘奋勇的英雄们。任正非说："公司要求每一个员工，要热爱自己的祖国，热爱我们这个刚刚开始振兴的民族。只有背负着民族的希望，才能进行艰苦的搏击而无怨无悔。"钱学森说："我可以放弃美国的一切，但不能放弃祖国。"

作于 2023 年 10 月 1 日

第六十二章　潇湘曲

潇湘曲·父亲节

人世初，人世初，爱心严父育新雏。饿燕觅食先喂子，为儿光亮烬残烛。

【说明】

父亲节来临之际，感慨颇多。我的父亲去了，我悔恨没有在他在世的时候好好孝敬他。我现在也是父亲，为子女操碎了心。风烛残年的父亲，唯一的希望就是儿子过得比自己好，只盼望儿子能常回家看看。为此特填《潇湘曲·父亲节》以咏怀。

作于 2017 年 6 月 17 日

潇湘曲·重阳

今重阳，又重阳，重阳九九客他乡。年少爱听风景曲，老来歌罢仰天狂。

【说明】

今日重阳，特吟《潇湘曲·重阳》。人生路漫漫，鬓霜也无妨，且莫负流光。

作于 2022 年 10 月 4 日

潇湘曲·雪

天又阴,天又阴!一冬盼雪到年根。今夜落沙白玉影,关情处是雪花村。

【注释】

一冬无雪,刚才下了一地薄雪,喜形于色,特吟《潇湘曲·雪》。

作于 2023 年 1 月 12 日

第六十三章　声声慢

声声慢·秋雨

行云卷笛,细雨生香,如烟似澜淋续。滟滟轻柔,湿润碧林幽谷。清凉雾潮村陌,隐约中、瑶台琼迹。雨未静,夜来倾涛咏,弄弦拨曲。

脑海春花刚过,不经意、光阴几时留得。记得经年,无限寄托秋色。人生转忽一世,待重寻、点点滴滴。乍梦醒,倚窗儿、鹊桥私语。

【说明】

七夕前,阴雨绵绵,特吟《声声慢·秋雨》。

作于 2017 七夕节晨

声声慢·雪景

洋洋洒洒,片片轻轻,戚戚切切飒飒。遍地琼花飞舞,淡妆素雅。三园五岭①美景,看得人、满心牵挂。醉了也,玉玲珑、万里羽飘娇娜。

路上白絮堆压,常不舍、人初见时蹉踏。倚在篱笆,眼睛怎生得眨。菊黄雪中挺处，有余香、滴滴欲下。这世界，好一个仙境童话。

【注释】

① "三园五岭"指我常去的颐和园、圆明园、植物园三园。五岭指西山（香山）、鹫峰、蟒山、凤凰岭和八达岭。泛指北京西北一带。

【说明】

此作仿李清照《声声慢·秋情》，但是变体。因为很难学到李清照入声韵的用法，所以深感用谱不严谨。

作于 2020 年 11 月 21 日

第六十四章 高阳台

高阳台·游南鹅湖记

倒影粼粼,波光闪闪,瑶池怎在人间?一望无边,水天隔断云烟。流虹映翠星罗点,更叫人、语喃喃。最难禁、倚在舷栏,欲醉成仙。

低头眼看鱼儿浅,数群如梭箭,好个贪欢。飞鸟翔云,自由旋舞翩跹。浓情动容诗一阕,写不完、赞美词坛。恋鹅湖,天上人间,忽要回船。

【说明】
南鹅湖在老挝万象郊外,湖宽广而清澈抱青山,天碧蓝却镶在白云间,吾游船望远而诗兴大发,特吟成《高阳台·游南鹅湖记》。

作于老挝万象东昌酒店 2017 年 10 月 16 日

高阳台·春游

暖煦融融,疏烟袅袅,西林绿影无边。碧聚眉峰,柳丝摇曳珠帘。东风十里花千树,有蜂蝶、问路桃源。草青青、万品生灵,仰望人间。

阳春四月争游处，看满山花海，燕舞莺欢。舒袖轻徐，魂牵景醉心宽。妖娆粉黛斜枝倚，暗香来、一味三缠。绕廊桥、曲径通幽，意绪千般。

【说明】

4月盛春，山川大地万花齐放，百灵争艳，莺欢燕舞，欣欣向荣。此时京郊西山游人如织，吾也随流踏青放怀，每每游兴不减，感慨万千。君不见天功神差，绿染花繁鸟语，丽人粉黛薄衫，构成大千世界，真是美不胜收，目不暇接，惹得人词涌诗转，不由得拾韵掇句点赞。

今又入燕山幽谷，触景生情，特吟《高阳台·春游》。

作于 2018 年 4 月

高阳台·悼念《时尚》杂志创始人刘江先生

丽影描春，芭莎时尚，眼帘层染红绸。多少精神，衷肠尽在书楼。人间最是伤心处，志未酬、逝水难收。去匆匆，春也难留，人也难留。

相识影剧如初见，记年时少帅，谈笑风流。艺海无涯，半生勤奋追求。明星伴月光辉路，竟然间、梦断行舟。送君别，灵在黄泉，情在神州。

【说明】

大约10年前，因我的一部电视剧拍摄需要一线明星，遂与刘江先生相识，请他指点荐人。此后常有交流，短信互祝问候。忽然知他离世，深感人世太短（寿终62岁），别离突然。叹息之间填此词以为悼念。

作于 2019 年 3 月 19 日

第六十五章　一丛花

一丛花·怀旧

朔风一夜入寒冬，黄叶打窗楞。应声梦醒孤衾冷，倚帘栊、思绪犹浓。少壮争先，征程万里，告老念亲朋。

那年飞雪战友情，人去影重重。供职公社民心暖，更让我、百炼赤诚。举头明月，又熬三更，西望故乡亭。

【说明】

昨夜大风呼啸，窗外飞叶敲窗楞，三更惊醒，倚窗望远，勾起怀旧心情。一路走来，百炼成钢。到如今老来清静，独处世外寒舍，反倒不由得忆念战友、同事、亲人，更让人怀念的是我上中学时常倚栏读书学习的六角亭（谢子长烈士陵园中的六角亭），特吟《一丛花·怀旧》。

作于 2017 年 11 月 14 日

一丛花·暴雨洪水

雨横江怒几时休，遍地起洪流。长堤水势狂拍岸，点点车、前行如舟。岁岁如此，年年肠断，圩垸有人愁。

大禹治水解民忧，江堰[①]李冰修。皇城紫禁瓢泼雨，从未见、宫漫淹楼。水利大计，天灾人祸，太守[②]去悠悠。

【注释】

①"江堰"指都江堰。②"太守"指李冰。战国时著名的水利工程专家。公元前251年被秦昭王任为蜀郡太守。其间,李冰治水,创建奇功。其中以其和其子一同主持修建的都江堰水利工程最为著名。

【说明】

今夏南方又下暴雨,发洪水,回首往年,总是夏天告急,特吟《一丛花·暴雨洪水》以咏怀。

作于 2020 年 7 月 15 日

第六十六章　减字木兰花

减字木兰花·八一建军节（二首）

（一）

雄关漫道，兵起南昌拔剑鞘。突破重围，万里长征战鼓擂。凌云壮志，铁血同仇齐抗日。百万雄师，踏破江东如卷席。

（二）

建功立业，抗美援朝惊世界。保卫家国，威武之师奏凯歌。强军之本，赤胆忠心为己任。沙场排兵，众志摩拳怒吼声。

【说明】

为庆祝中国人民解放军建军90周年，看阅兵阵势，忆往昔岁月，展未来大局，特填《减字木兰花·八一建军节》（二首）。

作于2017年8月1日

减字木兰花·喜鹊筑巢又生子

房前银杏，喜鹊巢穴风不定。忙里叽喳，一对夫妻共筑家。互相梳颈，恩爱入屋春夜静。树上咿呀，数个新生往外爬。

【说明】

庭院有大银杏树，一对喜鹊，高枝筑巢，忙个不停，给院里增添了不少活力，特作《减字木兰花·喜鹊筑巢又生子》。

作于 2019 年 3 月 6 日

第六十七章　锦帐春

锦帐春·盛夏百态

盛夏煎熬，赤阳如炼。日照径石生炉焰。暑伏天，热浪卷。更寰球变暖。树垂花懒。

玉女薄纱，儿郎衫短。夜幕市街人未散。酒摊喧，捋烤串。看娇娘①舞艳。裸夫摇扇。

【注释】
① "娇娘"指大妈跳广场舞。

【说明】
今年北京夏天似乎比往年更热，今天入伏，更燥热难熬，特填《锦帐春·盛夏百态》。

作于 2017 年 7 月 12 日

锦帐春·春色难留

春色难留，光阴似箭。任日月轮回向远。望长空，千里梦，看星星点点。无边浩瀚。

人在征途，如飞如翰①。更烟雨惊雷不断。数风流，天易变，恨人生太短。空留画卷。

【注释】

① "如飞如翰"出自先秦《大雅·常武》一文,此处喻人杰为神鹰。

作于 2021 年 4 月 27 日

第六十八章　雨霖铃

雨霖铃·送别

离情寒絮，有千盈泪，哽住言语。楼门①倚了还倚，曾执手处，愁心追去。眼看长空影远②，更风声鹤唳。念骨肉、各自东西，此送阴阳两难聚。

浮生恨短伤别易。过往事、多少梦魂里。如今叟树年纪，经历了、朔风悲雨。叶落乌啼，荒地故人何处憩。或许在、天上人间，宫阙瑶池徙。

【注释】
①"楼门"指首都机场候机楼的门。②"长空影远"指飞机飞远，亲人远去。
【说明】
特作《雨霖铃·送别》，怀念我的逝去的亲人。

作于 2017 年 7 月 22 日

雨霖铃·中秋追月①

中秋追月，问嫦娥酒，与谁人喝？京华不夜城阙，对长天阔。弄彻心花万种，又恐伤离别。念苏轼、千里婵娟，应是良辰举杯悦。

多情自古团圆节，更年年、总想从头越。今宵望月豪饮，忆往事、壮怀激烈。此去经年，铁血男儿，好景常设。正皓月、漫与幽诗，中有千千结。

【注释】
①押入声韵。

【说明】
古人对月伤离别，今人望月从头越。今日中秋节，特作《雨霖铃·中秋追月》以咏怀。

作于 2021 年 9 月 21 日

第六十九章　梧桐影

梧桐影·建党日感怀

一点灯,南湖梦。今夜故人星月中,抬头北斗长空影。

【说明】

96年前,中国共产党在南湖游船上诞生。今天故人远去,梦已成真,使人想起《抬头望见北斗星》那首歌。现吟《梧桐影·建党日感怀》,庆祝党的生日。

作于2017年7月1日

梧桐影·思人

月满楼,梧桐影。斜倚静思人与人,忽觉夜半秋风冷。

梧桐影·零星雪

摇落花,薄薄雪。京燕半冬飞雪缺,教人是喜唯殷切。

【说明】

今年冬天已过半,整个京津冀雪少得可怜。昨天只在山间荒野里看到零星飘雪,雪极不情愿地铺了薄薄一层。此景教人又喜又期盼,触景特吟词叹之。

作于 2017 年 12 月 16 日

第七十章　荷叶杯

荷叶杯·家门口又多了两只小野猫

忽见孺猫两虎。夺路。眼神惊。野来猫母正叼运。忙问，几时生？

【说明】
我很佩服野猫的生育能力，在艰苦的野外不知何时生下小猫。天冷了又怕把小猫冻坏，这不，又用嘴叼着它的小宝宝到我家门口了，看样子又要交给我养了。

顺填《荷叶杯·家门口又多了两只小野猫》。

荷叶杯·雨中丽人行

烟雨西山绿海。帘外。雨抚琴。径斜朱伞裙腰细。伞底。断肠人[①]。

【注释】
① "断肠人"指引人注目的打伞女子，古代泛指相思之人。

【说明】
今晨烟雨绵绵，我立于北京西山窗前观雨景，雨声如琴声，窗外的石径上，忽有打伞女子走过，只见纤腰和薄纱裙摆，不见容貌。于是，烟雨、林海、红伞、纤腰人，交汇在一起，如诗如画，特填《荷叶杯·雨中丽人行》赞之。

作于 2017 年 5 月 22 日

第七十一章　御街行

御街行·初雪

　　霜天云冻白银砌,六瓣落、扑声碎。万山千树玉琼衣,风剪絮飘一地。梨花执手,冷香蝶恋,萦绕襟怀里。

　　多情未酒人先醉,满目景、依依泪。欲疯狂照枝头蕾,仙女散花滋味。眉间心上,洁白意绪,胜过相思雨。

【说明】
　　今冬已过半,迎来初雪。多情人盼雪已久,观雪成醉。吾仰长空雪,伸手捧怀,扑扑如蝶。望皑皑白雪,引无限意绪。令人驻足雪原,眉间心上沐雪胜雨,美哉壮哉!特吟《御街行·初雪》感慨。

作于2017年初雪时

御街行·怀古人[①]

　　落花流水抛人去,史册里、烟雨雾。历朝宫阙转头空,玉砌金銮成土。沉舟侧畔,月华依旧,长是伤心处。

　　开国壮志曾伏虎,业未就、斜阳暮。遗泽断续秋蝉后,谁享功名利禄?茫茫世海,兴衰何故,辗转尘埃路。

【注释】

① "古人"指历代封建王朝开国元勋,他们都胸怀大志,梦想后人会继承自己的业绩,让自己虽死还生,结果是流星闪过,秋蝉哀鸣。

作于 2017 年 5 月

第七十二章　夜游宫

夜游宫·炎日盼雨

整日骄阳似火,满头汗、撩发珠落。热浪蒸烟太难过。看鱼游,问凉吗?摇尾乐。

夜半窗风弱,抬头望、月寒天阔。不恋薄衾念风恶。听远雷,数云朵,今又没!

【说明】

夏日暴热,可北京好几次都是东(北)边下雨西边晴(住在西),为此特吟《夜游宫·炎日盼雨》。

作于2020年7月2日

夜游宫·月季花开

妩媚多姿月季,万花开、倾城绮丽。富贵频摇争宠意。立晨曦,染黄昏,娇似语。

欲伴芳菲旅,伸手牵、羞花枝拒[①]。已嫁东风缘分许。醉栏人,赏清奇,烟浦[②]雨。

【注释】

① "枝拒"意为手莫伸,枝有刺,比作不情愿。② "烟浦"指云雾水气缭绕。昨天北

京丝丝雨，云雾朦胧。

【说明】

5月正是"月季迷人骑铁马（驱车），一日看尽长安花"的好时间。今天又是5月20日，特填《夜游宫·月季花开》。

作于2023年5月20日

第七十三章　昭君怨

昭君怨·燕赵①半年不雨

两季北国稀雨，连月燥风霹雳。旱地烟如织，覆霾时。今把自然污染，造孽百年难返。仰望白云绝，艳阳斜。

【注释】
①"燕赵"指京津冀地区。这里去年一冬少雨雪，今年头5个月又过去了，仍然少雨，霾和大风却频繁"光顾"。

作于 2017 年 5 月 2 日

昭君怨·春半

一阵飞花如雪，心意怎生书写？片片落无声，许多情。年去年来凤唳，人在倚栏春半。重上相思楼①，水东流。

【注释】
①"重上相思楼"引自宋代辛弃疾的《鹧鸪天·晚日寒鸦一片愁》。
【说明】
这几天万花齐放，正是一展美姿的时候，可是每天都刮三四级的风，刮得花瓣如雪较早飘零，特作《昭君怨·春半》。

作于 2021 年 4 月 12 日

第七十四章　天仙子

天仙子·清明祭

先辈冢前难尽孝，一地纸钱心绪绕。纷纷泪雨恨别离，情未了，清明悼，祈愿天街同日照。

原上柳枝垂似祷，望断群山寻陕道①。孤坟儿远纸谁烧？地杳杳，天昊昊，岁月如梭人亦老。

【注释】
① "寻陕道"指回陕西的路。

【说明】
上阕写清明节扫墓人追思故人的心情；下阕写作者路远，不能回家给父母上坟的情景，为此特填《天仙子·清明祭》。

作于 2017 年 4 月 3 日

天仙子·听贝多芬古典乐曲①

古典乐声独自听，旋律醉人人不醒。贝多芬曲荡回肠②，如宝镜，犹忆景，两百年前怎悟省？

曲绕音池天色暝，潮起浪高千万影。激情欲舞怕惊灯，心难定，弦未静，快板《田园》《春》③染径。

【注释】

①步宋代张先《天仙子》韵。②"贝多芬曲荡回肠"这里指他的 9 部交响乐曲。③《田园》是贝多芬第六交响曲。《春》是他的第五小提琴协奏曲。"快板"指音乐的一种快节奏，大都表达激情、欢乐、兴奋、活泼。

【说明】

古典音乐百听不厌，每次听都会心潮澎湃。敬佩、享受和感慨之际，特作《天仙子·听贝多芬古典乐曲》以咏怀。

作于 2021 年 12 月 4 日

天仙子·望月

今古人间都望月，送走千秋多少夜。圆缺梦里总相思，天宫阙，仙境界，王母瑶池娥玉液。

诗客弄词千万阕，留给后人心以写。我惜金字恨流年，吟雨雪，长共悦，更是知音持酒解。

【说明】

今古文人写月明，老翁吟醉月宫行，特填《天仙子·望月》。

作于 2023 年 7 月 6 日

第七十五章　暗香

暗香·回赠王奕謌同名词

冶芳涯陋，似梅花傲雪，悦人难走。玉色娉婷，京剧声声醉王侯。记得朱颜富贵，金齿启、百灵藏袖。君不见、台上功夫，非一蹴而就。

回首，往事锈。但侧畔千帆，更逢初逅。美丽不瘦，烟雨人生晚来透。莫怪瑶池路远，要寄予、相思窗漏。雁过后、春还在，别愁风骤。

附：
王奕謌词
暗　香
夜残更漏，月色凉依旧，西风轻走。去岁隙溜，堪恋三十再不候。虚度欢颜亦皱，三千路、挽君之袖。问皓月、富贵贫忧，百岁一挥俶。回首，爱将锈。笑问侧畔人，恰又初逅。盛花易瘦，一世了无忆参透。昨昼今宵去后，眉蹙断、愁山空漏。怕雁过，春去久，肃秋散骤。

【注释】

王奕謌，又名王奕戈，北京京剧院国家一级演员。

暗香·晚风

晚风轻拂，似清茶淡雅，神怡心悦。独倚栏杆，对影莲湖钓明月。记得儿郎旧事，骑木马①、尽兴腾蹶。问天路、怎个攀登，总想摘明月。

一别，鬓丝雪。品味正余闲，向长空说。几番锻铁，回首经年乃刚烈。岁岁寻寻觅觅，都付与、飘零红叶。自笑我、尘不断，满腔热血。

【注释】
① "木马"指小时候手拿树枝，骑木当马。

【说明】
夏热临晚，絮风拂面，吾倚栏望莲池映月，纳凉中怀旧一片。少时想摘月，老来想钓月，一晃几十年，感慨万千，遂作《暗香·晚风》。

作于 2016 年 7 月

暗香·唐后主李煜

南唐后主，念雕栏玉砌，妖娆宫女。笼囚偷生，千载绝词泪如雨。犹梦江南旧事，金殿里、小娇歌舞。怎不悔、乱世悲秋，就一个虚度。

怀古，吾已暮。但寄予东风，阅人无数。后唐归去，国破家亡何为路？餐虏①英雄不见，上下是、贪婪互妒。叹又恨、否之否，轮回往复。

【注释】
① "餐虏"摘自岳飞《满江红》"壮志饥餐胡虏肉"。

【说明】
每读李煜的诗词，总是伤感，特作《暗香·唐后主李煜》以咏怀。

作于 2023 年 8 月 12 日

第七十六章　汉宫春

汉宫春·探春

　　堆雪梨花，引蜂蝶劲舞，乱点唇红。琳琅艳冶，幽香雅懿弥浓。归飞燕子，绕林间、嬉戏凌风。烟波里、河边嫩柳，垂腰细软孺绒。

　　回首去春如梦，似眉间靓影，怀旧无凭！而今眼满，红英尽染青萍。娇姿翠叶，惹得人、忘返披星。更哪堪、奇葩异卉，荡魂馋醉心声。

【说明】
　　清明前后，正是探春的好时节，京郊遍野开花，令人荡魂馋魄，痴醉难收。兴奋之际，特填《汉宫春·探春》以咏怀。

作于 2016 年 4 月 2 日

汉宫春·春归来

　　春已归来，正清风弄柳，万物梳妆。千般蕊雏含蕾，欲吐幽香。回巢燕子，嘴衔泥、砌筑新房。田野里、鹊群歌舞，绕犁牛觅食忙。

203

靓女①初露盈满，看春衫窈窕，云锦霓裳。陌街户家楼上，小娇斜窗②。良辰胜景，有心人、艳羡寻芳。休笑我、醉痴迷恋，只缘春影难藏。

【注释】

①"靓女"以女拟春花，也指春暖穿薄衫的女子。②"小娇斜窗"指窗台盆景丽花，也指美少女倚窗眺望。

【说明】

该词描述早春二月的北国大地，初春时分，万象更新，一派欣欣向荣的景象。

作于 2017 年 2 月 20 日

第七十七章 忆秦娥

忆秦娥·人间泪

声声咽,昏烛涕泪霜尘月。霜尘月,哭声欲绝,故园伤别。
雄关漫道真如铁,而今迈步从头越。从头越,苛令激烈,羔羊凄切。

忆秦娥·寒窗

西风月,长空寒碧星辰咽。星辰咽,年复一年,往事如烟。
瀛台皇瓦音尘绝,玉泉山照残阳雪。残阳雪,卧薪尝胆,呕心沥血。

忆秦娥·今晨雪（入声）

今晨雪,琼芳树挂频频切。频频切,年年雪色,万般心结。
出门欲看西山蝶,柔情怕踏白绒洁。白绒洁,须眉玉织,耳边风咽。

【注释】

"蝶"指飞雪,即玉蝶。

"风咽"指雪花从耳旁经过的声音。

【说明】

　　天气预报昨天有雪,等到深夜还未见。夜半醒来倚窗看,满目雪白,兴奋得睡不着了!特填《忆秦娥·今晨雪》以咏怀。

作于 2023 年 12 月 11 日

第七十八章　如梦令

如梦令·看花

拄杖遇花留步，香气绕鼻轻舞。满眼醉迷中，萦惹①少时争妒。相顾②，相顾，却把心思吩咐。

【注释】
①"萦惹"是招引，勾起。②"相顾"指人与花对视。

【说明】
看花长精神，特填《如梦令·看花》。

作于 2023 年 5 月 30 日

如梦令·熬夏

啼热几杯啤鼓①，下肚冰如冷库。看见卖西瓜，忙去问人甜度。刹住，刹住，馋嘴糖高醋妒。

【注释】
①"鼓"作响声。

【说明】

穷命血糖高,日子刚好过;啥都不敢吃,是处教人妒。特在喝啤酒降温时叹惋一首。

作于 2023 年 7 月 2 日

第七十九章　锦缠道

锦缠道·少小过年

少小过年，社火灯笼熬夜。似天街、万花飙烨。爆竹声震长空烈。四海欢歌，狮舞鱼龙跃。

看童心玉颜，美成云雀。舞翩翩、羞花闭月。笑如铃、戏闹荧光远。念暗香疏影，情怎生得写？

【说明】

忆起我的童年，那时的年味是浓郁的。母亲早就给我缝制好新衣，每家每户从腊八节开始备年饭，酿米酒，做黄米馍、油馍馍、油糕、八碗（八个肉制品）等，准备在大年三十美美地吃上一顿。各乡村在大队部（现在的村委会）彩排秧歌，我也是秧歌队的一员。大人告诉我除夕是要守夜的，于是我强忍着困意，不敢入睡。我的家乡延安（瓦窑堡）盛行每家院子用石炭（煤）搭一堆火塔塔，甚至在山川自家先辈的陵上搭同样的火塔塔，这一夜天地映照，加上灯笼火把和鞭炮烟花，真是五彩斑斓，美不胜收！转眼几十年过去了，现在只能成追忆，为此特填《锦缠道·少小过年》。

锦缠道·赏秋雨情绪

冷雨清秋，欲把暮红淋透。打残荷、细唑弹奏，染枫林纵情朱露。落叶飘零，遍地胭脂绣。

引痴郎醉秋，倚窗成幼。不由得、探头伸手。问顽童、多少柔肠？远处刚晴霭，眼乱人依旧。

【说明】

昨天秋雨绵绵，凉风飕飕，我倚窗赏雨中秋色，依旧童心痴醉。叹！万物造化，年年复秋，但愿人长久。

第八十章　烛影摇红

烛影摇红·游白雪和广习瀑布有感
（老挝琅勃拉邦省游记）

碧染青岑，水帘一幕来天半。飞流直下雪纷纷，堆砌晶珠璨。浪打漩涡涌岸。卷狂澜、急流震撼。任由驰骋，野马奔腾，惊雷冲冠。

瀑布千般，荡舟十里①值得看。摇桥倚杆尽人欢，伸手摸霜绢②。留影瑶池侧畔。凭云阁、茶楼③驿站。畅怀陶醉，世外幽情，别时依恋。

【注释】

①"荡舟十里"指要去看"白雪"瀑布，得在湄公河（澜沧江）上摇桨10里（5000米）左右才能到达。②"霜绢"指瀑布飞溅而起的雾气冷霜。③"云阁""茶楼"指在瀑布流经的垒石和大树之上，主人架设木吊桥和空中茶阁，客人我倚在茶阁，如入原始部落，扑面而来的是激浪歌声和霜雪轻抹，真让人情不自禁，闭目痴醉，立马似神如仙，飘飘然也！

【说明】

琅勃拉邦省是历史上老挝的首府，今遗有古建筑皇宫。在该省湄公河（澜沧江）两岸有"白雪"瀑布和"广习"瀑布，她们一个狂奔遍野，满天飞雪；一个飞流直下，涛声惊魂。吾醉心一片，如入世外桃源。特填《烛影摇红·游白雪和广习瀑布有感》，作为到此一游之纪念。

作于 2017 年 10 月 19 日

烛影摇红·赞谷爱凌

傲雪春风,万人皆爱凌云燕。高台旋转任精神,曼妙娇波璨。玉女飘飘梦幻。更引人、频频顾盼。瞬间千丈,又上云端,轻姿缱绻。

丽影情怀,血缘相续东方脸。一身体育两头牵,志在天涯远。执手和平橄榄。向未来、齐芳苒苒。两国一线,本是同根①,人间无怨。

【注释】
① "同根"指同是一个地球村的人。

【说明】
谷爱凌本次冬奥会代表中国出征大跳台自由滑雪,取得优异成绩,特填《竹影摇红·赞谷爱凌》,祝贺谷爱凌成功。

作于 2022 年 2 月 9 日

烛影摇红·雪

洁羽轻飘,舞姿旋绕娥妆浅。漫天飞絮裹银绵,千里风波转。玉树冰花宠惯。似无声、惊涛顾盼。抹白旷野,尽染层林,扑扑可见。

靓影摇琼,腊梅贪饮良宵短。春来不解雪心情,离恨天涯远。离了相思难散。惹得人、一池泪眼。又冬云夜,落满窗帘,纷纷庭院。

【说明】
我喜欢看雪,特以雪填词一首,以表心境。

第八十一章　醉落魄

醉落魄·人生万种

人生万种，百年光影一帘梦。初来乍到皆憧憬，春赏花枝，秋看黄金①岭。

冬雪咏梅②谁与共，一杯烈酒梅花弄③。夏炎长日东风兴，眼望前川，醉美夕阳景。

【注释】
①"黄金"喻秋天景色。②"咏梅"指毛泽东《卜算子·咏梅》。③"梅花弄"指古琴曲"梅花三弄"。最早起源于晋朝的笛曲或箫曲。

【说明】
人生恨短，但人生不要因为虚度年华而后悔，特吟《醉落魄·人生万种》以咏怀。

作于 2020 年 7 月 5 日

第八十二章　四字令

四字令·清晨倚床

清晨倚床，风儿打窗。冬凉院落凝霜。听花残诉香。
尘书半墙，衷情读肠。痴心欲问沧桑。奈飞红①已黄。

【注释】
① "飞红"比喻人的青春。

【说明】
今晨4点风打窗响，起身关好窗又倚床看书，遂填《四字令·清晨倚床》词一首。

四字令·热

骄阳破窗，人人躲藏。四十一度猖狂。火风扇耳光。竹席半床，花茶半缸。追着树影乘凉。西瓜解热慌。

【说明】
正午在树下，即兴填《四字令·热》以咏怀。

作于2023年6月23日

第八十三章 相见欢

相见欢·春来春去

春红更动心情,点花声。恰似朝朝暮暮与人生。
竞香缕,纵情许,共东风。转眼繁华滋味落朱英①。

【注释】
① "朱英"一指红花,又拟有志之人。
【说明】
春又来,离秋不远,人生感悟,特填《相见欢·春来春去》。

作于 2023 年 3 月 19 日

相见欢·春红谢了

春红更动心情,问花声?恰似朝朝暮暮度人生。
青杏小,柳丝绕,共轻风。转眼人生滋味落垂缨。

第八十四章　菩萨蛮

菩萨蛮·烟台飞雪

海连云浪烟台雪，惊涛上岸寻螃蟹。飞起数寒鸥，戏游白玉洲。

少郎独伫立，伸手梨花急。曾有醉八仙，酒诗一满船。

【说明】

昨天朋友传来烟台海滩飞雪景色，特吟《菩萨蛮·烟台飞雪》，以表赞美。

作于 2021 年 1 月 6 日晨

菩萨蛮·忆初心

万千将士初心血，功名唤取一基业。变换城头旗，共征为诏檄①。

断头台上啸②，更向刀丛笑。富子放其田③，志怀民苦甜。

【注释】

①"诏檄"指共产党宣言。②"断头台上啸"指夏明翰的"砍头不要紧，只要主义真。杀了夏明翰，还有后来人"的就义诗。③"富子放其田"指共产党员彭湃将自家土地

分给穷人，走上革命道路，全家 6 口人牺牲，满门忠烈。

【说明】

在中国共产党诞辰 102 周年之际，想起夏明翰和彭湃，特填《菩萨蛮·忆初心》以咏怀。

作于 2023 年 7 月 1 日

第八十五章　薄幸

薄幸·春暮

叹声春暮，不经意、时光暗度。乍觉得、啼莺花海，惹起新愁无数。记初时、惜玉怜香，繁枝雾里相思妒①。便枕树题诗，卧丛留月，共醉人间春路。

自过了、经年后，料此处、踏青如故。几回怀梦老，还和谁与？离伊却怨流光负。凭栏久伫，纵情闲趣品东风，韵满词一肚。芳华易瞬，心在欢疏②静谷。

【注释】

①"相思妒"指对繁花喜欢得让人嫉妒。②"欢疏"引自宋代程垓作《南浦·春暮》中"老来觉欢疏"句，此处"欢疏静谷"指人老了欢娱少了，更喜欢幽静取乐。

【说明】

5月的北京，往往暴热，迅速进入夏炎，然而春初万花争艳，春暮景色凝深，都会令人陶醉，但春光流逝让人添新愁，弄得人叹一声：春又暮！有种只恨流光把人抛的心情。特作《薄幸·春暮》，表达我对春天、流光、人生的感悟。

作于2016年5月1日

薄幸·秋韵

秋风千转，又片片、飞红烂漫。有道是、眉间万物，诗韵画魂层染。看远山、枫树花发，丰姿袅娜娇无限。近影映湖天①，妖娆迷幻，七彩缤纷绻缱②。

当此时、登高处，斑斓至美柔清婉。遍寻千百度，香山仙境，也逢姝丽桃花面。林莺③妙啭，应声醒眼醉朱颜，相映羞菊岸。多情似我，回首心思点点。

【注释】

①"湖天"指颐和园昆明湖四围秋色照碧天。②"绻缱"指缠绵。③"林莺"拟人，借指赏秋的佳人。

【说明】

这几天正是京郊最美秋景时，总想叙尽万山秋韵醉人处，可惜词穷语拙奈若何！特绞尽脑汁填《薄幸·秋韵》词一首抒怀。

作于 2023 年 10 月 22 日

第八十六章　蝴蝶儿

蝴蝶儿·女人花

三月八，女人花。流年入梦嫁人家，凤巢有九苞①。

还似如初见，含羞两脸颊。山盟海誓忆年华，光辉映晚霞。

【注释】

① "九苞"出自东汉·张衡的《西京赋》中"骊驾四鹿，芝盖九苞"一句，喻绚丽多彩。

【说明】

今天是三八妇女节，现吟《蝴蝶儿·女人花》。

蝴蝶儿·雨珠帘

雨绵绵，似珠帘。滴声打翠舞长天，载得云卷澜。

盛夏京城热，汗流挥手泉。今时沐雨沁心弦，寄君①一雅闲。

【注释】

① "君"为您之意。

【说明】

北京连日雨如帘，凉爽心自宽，特填《蝴蝶儿·雨珠帘》。

作于 2023 年 7 月 13 日

第八十七章　月上海棠

月上海棠·寒门学子

寒门学子凄凉意。泪千行、落榜月独倚。望断千山，久依依、恨愁难寄。回眸处，母校韶华轶事。

恍然一梦人千里。莫悲伤、仍在放飞季。骏马东风，把缰提、催鞭勇骑。经年后，再看同林桃李。

【说明】

高考放榜后，有不少考生分数不理想，特作《月上海棠·寒门学子》以咏怀并勉励。

作于 2021 年 6 月 28 日

月上海棠·一岁过

清风淡月天如水。雪满山、梅开暗香未？寒流阵阵，似相识、角声西北[①]。年关处，不舍依依一岁。

相思更与灯前泪。乍日月、如梭影飞坠。故人来去，又转眼、少年新辈。吾老矣！大笑出门[②]滋味。

【注释】

①"角声西北"指壮年在大漠西北戍边，角声指军号。②"大笑出门"引自李白的

《南陵别儿童入京》:"仰天大笑出门去,我辈岂是蓬蒿人。"

【说明】

今天是 2024 年元旦,北京西山的雪厚,如我壮行西北那样,冬天冻而不化。此刻我、孤灯影前回望眼,不由语喃喃,填成《月上海棠·一岁过》词一首。

作于 2024 年 1 月 1 日

第八十八章　凤凰台上忆吹箫

凤凰台上忆吹箫·春情·弄玉吹箫

笛浪吹花，箫波吐蕊，绿丛流水通幽。看万山红染，心荡凝眸。弄玉箫音何处，怎不见、丽人帘忧①？原来是，凤凰台上，鹤舞仙游。

悠悠，古人去矣，烟雨路茫茫，渐锁荒丘。又春花秋月，哪有秦楼②？怨我多情善感，由不得、几分闲愁。抬望眼，莺歌燕舞，触景难休。

【注释】

① "帘忧"指犹抱琵琶半遮面的样子。② "秦楼"指凤凰台。

【说明】

本词牌名《凤凰台上忆吹箫》出自《列仙传》："秦穆公有一宠臣叫萧史，他善吹箫，箫声起，就引来玉鸟仙鹤飞至殿庭起舞。穆公的女儿叫弄玉，也喜欢吹箫，穆公就把女儿嫁给了萧史，为此还专门给弄玉修建了一座凤凰台，诗人也称秦楼，供弄玉与萧史在台上日夜尽情吹箫。数年后，弄玉乘凤、萧史乘龙双双仙去。"传出一段儿女情长的神话。

正值春暖花开之际，吾登高台赏春，忽想此处恰似秦楼，遂念古人之悠悠，不由得吟出《凤凰台上忆吹箫·春情·弄玉吹箫》词一首，以抒吾怀。

作于 2017 年 3 月 8 日

凤凰台上忆吹箫·忆人生

　　人静灯昏，月沉云厚，起来提笔凝眸。忆少年击水，志在神州。铁血男儿本色，都付与、半世春秋。也曾是，英雄虎胆，疾恶如仇。

　　悠悠，如今鬓雪，能问取经年，光影回流？念万千人远，雁过心揪。唯有情怀依旧，千秋岁、一醉方休。还如故，良辰好景，更上层楼。

作于 2020 年 6 月 13 日

第八十九章

解佩令·端午游雁栖湖

斜阳香雾,轻风碧树。似仙舟、飘摇青谷。雁落寻情,半岛湾、有瑶池坞,彩廊桥、影岚虹沐。

去年一顾,又今一顾。旧湖亭、桃花何处?夏至初途,雁归来、婆娑暮鼓,月如钩、淡云翔圃。

【说明】
日落西山,缓步雁栖湖畔,观湖景暮色,感怀抒情,即兴以雁拟人,填词一首为念。

作于2015年端午节

南柯子·雷雨天

滚滚黑云远,风先到万家。数声雷怒震天涯,惊破弧光一瞬、彩虹霞。

雨打千层浪,倾盆半路滑。绿林滴处闹喧哗,顷刻清凉悦看、海泉花。

【说明】

我喜欢赏雨景、听雨声、淋雨时、观彩虹。盛夏以来连日雷雨,今日下午行车路上,突遇雷电风雨交加的情景。暴雨顷刻,车不能前行,于是坐在车内边观景边构思,遂作此词。

作于 2015 年 7 月 22 日（雷雨天）

唐多令·端午节

芦叶裹甜瓤。龙舟慨而慷。米扑香、飘过半推窗。自古万家包粽子,祭诗魂①、汨罗江②。

家破楚国亡。《天问③》泪千行。瑟《离骚》④、沉曲断人肠。今又外敌争四海⑤,云水怒、缚贼狼。

【注释】

①"诗魂"指屈原。他开《楚辞》之先河,是几千年来公认的诗赋之祖。②"汨罗江"在湖南岳阳境内。③《天问》是屈原被谗言贬职流放后所作的一首传世诗篇。④"瑟离骚"瑟为春秋战国时期的弹拨乐器,《离骚》是屈原伟大诗赋中的最佳一曲,古人常常边弹瑟边唱《离骚》。⑤"争四海"指近几年来,美国、日本、菲律宾等沿海诸国,对我国形成包围圈,欲侵我国领海。

作于 2016 年 6 月 9 日

甘草子·秋暮

秋暮,小雨霏霏,冷彻霜花圃。雨打叶淋淋,缀果滴珠露。

落红铺径愁无路,此风景、弄人情绪。又要冬云压雪树,不忍秋归处。

【说明】

秋景也醉人,秋暮叶无路,恋秋人先愁,不忍秋归处。此词倾注一个人对晚秋的怀思。

作于 2016 年 10 月 30 日

金缕衣·初雪怀旧

瑞雪纷纷落，霎时间、珠莹遍地，玉白琼色。万树梨花一夜开，更有西风瑟瑟。伸手捡、凌儿忽没。远眺香山疑陌路，小径斜、堆砌冰针个。抬望眼，盼鸿过。

曾骑骏马驰银漠。在天涯、枕戈饮雪，报国心热。雪压营房窗不见，依旧炊烟酒客。好战士、寒疆为乐。解甲归来常看雪，却教人、倚杆孤樽喝。谁伴我？畅辽阔。

【说明】

下雪时间，总是想到在雪域高原守疆卫国的日子。那时，雪厚数尺，寒冷难熬，但战友们热血赤胆，乐在其中。特吟《金缕衣·初雪怀旧》，作为纪念。

作于 2016 年 11 月 21 日

诉衷情·和毛泽东词一首

曾经叱咤笑秦刘[①]，挥剑斩魔髅。雄师百万驱寇，主义震寰球。

成大业，志难休，是离愁。仰天长啸，继我何人？浪遏飞舟[②]。

【注释】

① "秦刘"指毛泽东《沁园春·雪》中"惜秦皇汉武，略疏文采，唐宗宋祖，稍逊风骚，一代天骄，成吉思汗，只识弯弓射大雕"之霸气豪句，真乃前无古人，后无来者。② "浪遏飞舟"出自毛泽东《沁园春·长沙》。毛泽东在该词上下阕中用了"谁主沉浮？""浪遏飞舟"。

【说明】

今天是毛泽东诞辰 123 周年,特和一首《诉衷情·和毛泽东词一首》以咏怀。

作于 2016 年 12 月 26 日

春光好·立春过后是元宵

春来早,雪绒飘。闹元宵。长记有年今夜雪,半腰高。

犹念故里寒窑①。白玉树②、待放含苞。况是教人无限爱,弄娇娆。

【注释】

① "窑"指故乡延安的窑洞。② "白玉树"既指白玉兰含苞,也喻雪压春树,更赞美情窦初开少女。

【说明】

今天过元宵节,遂填《春光好·立春过后是元宵》。

作于 2017 年元宵节

思帝乡·春游

春游,探花轻打头。仰面桃红樱粉,好风流。似有柔肠共语,却惹兰玉羞。醉眼牡丹花季、不能休。

【说明】

踏青赏花,别有一番滋味在心头,美哉悠哉!

作于 2017 年盛春

洞仙歌·此生一梦

少时寒苦,养孝忠风骨。难忘嚼糠饿人肚。夜三更、为母明月分愁①，昏灯下，敲枕勤读四著②。

此生一转眼，过往成尘，还似当年景浓处。怀旧起波涛，无悔初心，曾经是、浪中摇橹。忽照镜、平添鬓丝白，但老有胸竹，暮年晨鼓。

【注释】
① "明月分愁"指我小时候，家境贫寒（7口人），妈妈为了添补家用，以卖油和养猪为业，我10岁起，几乎每天三更就起床帮妈妈推石磨压油脂或磨豆腐，活干完后，6点多我又要赶去学堂上学，下午放学我又得连忙去后山或西门坪给猪挖野菜，多少个日日夜夜，我为能帮妈妈分忧解愁而快乐。那时麻油和豆腐卖钱养家，油渣和豆渣留着食用或养猪。我上学期间的干粮（早午饭）主要是油、豆渣和玉米糠皮合蒸的窝头。推磨和挖野菜的活儿一直干到19岁离家当兵。② "四著"指马克思、恩格斯、列宁、毛泽东的著作。

作于2017年4月21日

兰陵王·重登蟒山①

风轻舔。烟里登高望远。柳堤上②，游客疏星，库水瑶池碧波闪。松林绿重染。一览。昌平隐显。长亭在，年去岁来，少个同行落孤雁。

还寻径前岸，又忆当时影，对酒云眼。满怀兴奋数樽干。话多人未醉，不知深浅，回首往事倚栏杆。斜阳已临晚。

留恋。故难捡。忙路各东西，音断还盼。叫人激起思无限。待何时再共，廊桥侧畔。老来怀旧，似梦里，蟒山见。

【注释】
①蟒山在北京昌平区十三陵水库岸边。② "柳堤上"指十三陵水库的堤径上。

【说明】
十多年前我与声涛兄共登蟒山，他虽大我几岁，但健步如飞。午间我们在客栈用餐，他酒量如海，我本不会喝酒，但也得"舍命"陪仁兄呀！

今夏我孤身又登蟒山，景观依旧，人已黄昏，惹得人无限思量。特填词《兰陵王·重登蟒山》怀念旧情、旧景和好友。

作于2017年6月7日

夜行船·人生重写

午夜醒来常慕月。细思量、故人凄切。岁老由天,山川依旧,过往随风烟灭。

如今日日翻新页。志未休、想从头越。截住流光,寸心相向,吩咐世间重写。

【说明】

人生恨短,古往今来,多少英雄豪杰、帝王将相、亿兆生灵都付诸东流。只留得零碎传说和故事。我们这一辈也将老去,很羡慕月亮、山川的恒久,细思量,如若重回少年,我们一定会把自己的人生安排得更精彩。

特填《夜行船·人生重写》以抒怀。

作于 2017 年 6 月 16 日

定风波漫·"七七事变" 80 周年有感

百年前、民不聊生,遍地狼嚎魔乱。叹万里长城,烽烟火灭,任八国[①]烧斩。逃亡路,尸骨烂。五岳三山怒冲冠。稀罕。助寇盗宫楼[②],内忧外患。

浴血抗战。举红旗、唤起人心暖。主沉浮,众志同仇铁烈,破浪飞舟远。到如今,争璀璨。纵马扬鞭任呐喊。回看。一览群山小,风云变幻。

【注释】

① "八国"指八国联军。② "助寇盗宫楼"指据史料记载,八国联军是内贼"带路党"引入圆明园和故宫一起烧抢的。

【说明】

今天是"七七事变"80 周年,特作《定风波漫·"七七事变"80 周年有感》，让我们以史为鉴，勿忘国耻，团结一心，建设好我们的家园。

作于 2017 年 7 月 7 日

望江南·触景生情（访老挝拉绍县）

拉绍净，烟雨更浓情。绿透森山千万重，水清石涧涌涛声。人在醉魂中。

刚坐定，疏雨半边晴。三女红颜羞对客，一坛老酒戏东风。不愿问归程。

【说明】

拉绍是地名，是老挝波里坎赛省的一个县，此地森山繁茂，民风纯正，碧天、绿水、青山，令来风和空气柔如细软，吸凉愈爽。

作于 2017 年 10 月 14 日

一叶落·纪念毛泽东诞辰 124 周年

泪眼注[①]，泽东去。顿时十里长街[②]雨。

那年泪雨人，如今皆霜暮。皆霜暮，刻骨铭心路。

【注释】

①"注"指倾泻。②"十里长街"指北京的长安街。

【说明】

谨以此词怀念我们最敬爱的毛泽东，表达我们一代人的心声。

作于 2017 年 12 月 26 日

锁窗寒·燕北今冬无雪[①]

雪抹江东，霾淫燕北，啸声枯叶。京华入冻，百日竟然无雪。望长空，天高月圆，把人等得烛窗灭。有相思点点，飘花梦见,旧时皕蝶。

　　风烈。残阳血,正顺势西斜,禁城鸦说[2]。孑身夜店,碗面腾烟食饕。想当初、千里进京,漫天劲舞银燕雪。到如今、盼雪心切,怎就音尘绝?

【注释】

①押入声韵。②"禁城鸦说"是指每到夜幕降临,紫禁城上空就有成群的乌鸦在叫,其声凄凉。

【说明】

2017年北京一冬无雪,实属稀罕。此词有意连用4个"雪"字,但此雪非他雪,而是首雪在江东,二雪京城无,三雪少壮时,四雪在心头。可见痴人盼雪的心情,特填《锁窗寒·燕北今冬无雪》。

上阕写前一天的夜里盼雪却梦到旧时雪,下阕写第二天的傍晚外出吃面时又惦记雪。

作于2018年1月25日

贺圣朝·春寒游园时

　　东来紫气拂杨柳,看枝头初窦。一园春色怎还羞,且游人依旧。

　　樱花欲放,玉兰绒透。便迎春舞袖。去年相遇看花人,恰如约执手。

【说明】

周六天气晴好,我兴起一人游园登西山,上山两小时,下山一小时,腿脚还算麻利,一路景色一路歌,触景生情填《贺朝圣·春寒游园时》。

作于2019年2月23日

惜芳菲·迎春花开

　　二月迎春花满地,黄色娇娜绮丽。细看千层密,吐出香气衷情许。

谁让人间多意绪，惹得年年欲娶。不忍回头去，除非听到花言语。

【说明】

早春二月，北京最先开放的是迎春花，公园里遍地黄金色，让冬天枯凋的北方焕发了青春，人也抖擞了精神，眼迷心软，柔情欲醉，攀枝闻香。此景此情，心绪千缕，特填《惜芳菲·迎春花开》，以表赞美。

作于2019年2月26日晨

台城路·寻燕昭王黄金台

燕昭已去台城路，碣石馆成尘土。纳士招贤，黄金台上，都是听凭传处。兴衰似诉。用邹衍才华，乐毅威武。燕赵江山，灭齐降魏有忠骨。

今朝又来寻古，看繁忙保定，电车神速。日旭东升，人民广场，歌舞幽娴如故。兴诗漫与，任我肺狂呼，冀中辞赋。历史难书，却回回眷顾。

【说明】

今去河北保定，这是一座历史悠久的古城。步入人民广场，看到"日旭黄金"高台石刻和志铭，不由得追溯起历史，特吟《台城路·寻燕昭王黄金台》以咏怀。

作于2019年3月15日

天净沙·雨天

京城雨润琼花。径斜庭院人家。断续风声映画。孤屋老瓦。袅烟摇影琵琶。

【说明】
近日连阴雨,久旱逢甘霖。看西山烟雨映照,独品老屋清茶一杯,听琵琶曲萦绕,如入仙境、腾云驾雾一般,特吟《天净沙·雨天》词一首。

作于 2019 年 4 月 24 日

凭栏人·入伏天

烈日西山无尽头,流火催人回小楼。楼中蒸欲熟,扇摇一阵秋。

【说明】
今天北京太阳似火,热得人待在哪儿都汗淋淋的,特吟《凭栏人·入伏天》。

燕归梁·起早晨景

四点晨曦夏日风,鸟儿先声。催人起早月朦胧。庭院静、小荷红。

临家树上鹊一对。叽喳紧、喜盈盈。报得人晓总多情。恐冷落、醒来翁。

【说明】
4点喜鹊就叽叽喳喳叫个不停,似又催我起床,伴我晨练,怕我孤独,特吟《燕归梁·起早晨景》。

桂殿秋·一年一度又入冬

思往事,倚栏杆。一年度与光阴箭。夜凉风索听秋雨,转眼寒来冬雪染。

【说明】

天气预报我国东北地区、西北地区都下了大雪，特填《桂殿秋·一年一度又入冬》一首咏怀。

永遇乐·怀古

千古风流，英雄何处？明月依旧。古道①秦唐②，再无嘶马，盛世空回首。帝都香径，雕栏玉砌，只剩下伤情柳。周而复、江山易主，草欺断碑残镂。

一朝末代，山摇地动，难拒狂澜失守。烟雨茫茫，风雷滚滚，纲乱权臣朽。廉颇老矣，尚能饭否③？众叛亲离宫斗。凭谁问、沉舟病树④，几多锦绣。

【注释】

① "古道"指秦唐盛世修的道路，如秦直道，相当于今天的高速公路，在陕西境内。② "秦唐"指秦朝和唐朝。③ "廉颇老矣，尚能饭否"出自宋代词人辛弃疾《永遇乐·京口北固亭怀古》："凭谁问，廉颇老矣，尚能饭否？"典故出处为《史记·廉颇蔺相如列传》。④ "沉舟病树"出自唐代刘禹锡《酬乐天扬州初逢席上见赠》："沉舟侧畔千帆过，病树前头万木春。"

【说明】

填词《永遇乐·怀古》一首，以古代兴亡之铜镜警示后人。

作于 2020 年 5 月 30 日

河传·一岁流水不复回

一岁、流水、不复回。烟雨花间、经年总将遥梦催，凝眉，香染冬雪梅。

游子天涯今已老，仍起早，犹有花枝俏。记骝驹少壮时，胆识、纵情闻马嘶。

瑞鹧鸪·护士节

琼花五月依人开，天使白衣口罩摘。平日无言长是累，战时急骋显襟怀。

人逢喜处都歌舞，痛到愁时护士抬。为把死神驱将去，病床谁不任呼来。

【说明】
5月12日是护士节，今天我为白衣天使歌一曲，特吟《瑞鹧鸪·护士节》。

一七令·立夏

今。
立夏，
升温。
阳气盛，
绿成荫。
一墙月季，
万点销魂。
水帘石上过，
蛙叫草庐村。
风软柳长疏影，
倚栏情切知音。
莫惜春去韶华远，
燕舞莺歌夏日新。

【说明】

该词的特别之处是由一字到七字。传白居易分司东都,众友人到华池亭送别,每人一句,从一个字开始,到七个字结束。后以《一七令》作为词牌名。

秋蕊香·春色年年

万里春红依旧,景入眉峰豆蔻①。小桥流水东风柳,长是多情时候。

满怀心绪浓于酒,如初窦②。少郎滋味花着露,春色年年人叟③。

【注释】

①"豆蔻"指少女,春天的景色如少女一样美丽。②"初窦"指情窦初开。③"春色年年人叟"指年年春色,但年复一年人却老了。

锁阳台·庚子清明节祭

本月寒食,清明祭日,泪横声碎天悲。鼠年灾疫,一市万帘垂。多少生离死别,肠寸断、再也无回。还记得,过年心愿,怎就纸钱飞。

人生常乐处,粗茶淡饭,执手依偎。念苦难长有,静好同辉。转瞬青梅远去,西风里、屈指和谁?从今后,倚窗竹马,夜夜对空杯。

【说明】

本词描写人们突然失去亲人的感受,特作《锁阳台·庚子清明节祭》。

秋夜雨·秋思

清风水韵林间俏，菊花庭院娇娆。弦音窗外雨，滴不尽、相思多少。

东篱满目余香绕，雨未停、回头凭眺。此季情难了，更渴望、月圆花好。

【说明】

昨夜秋雨滴到明，雨韵声声似乡音。晨起填《秋夜雨·秋思》以咏怀。

作于 2020 年 8 月 18 日

石州慢·世纪轮回[①]

世纪轮回，风雨百年，阴晴圆缺。万家灯火相传，继往开来人杰。大江东去，纵有顶戴[②]销魂，也随荒草音尘绝。冷暖问长空，更相思明月。

真切。路遥志远，心阔长歌，雪梅争发。不畏狂澜，笑对人生铁血。已是经年，解甲落红[③]伤别。暮年书海，稍添几许新愁，古人一世凭谁说？雁过啼声，似云中幽咽。

【注释】

①押入声韵。②"顶戴"指清朝不同官职的帽子。③"落红"即花落，也作摘下顶戴、退休之意。

【说明】

人生恨短。但人活着都会努力奋斗。有的人为理想，有的人为金钱；有的人为别人，有的人为自己。有伟人，有小人；有喜悦，有苦恼。我受历代浩然正气先辈之陶冶，"路漫漫其修远兮，吾将上下而求索"。特吟《石州慢·世纪轮回》以咏怀。

作于 2020 年 9 月 19 日

一寸花令·别了 2020 年

敌横疫恶鼠年终，回首断肠声。惊魂未定妖魔动，多少命、此去无生。人祸天灾，肆虐新冠，世事不太平。

红尘滚滚月明中，倚杆问苍穹。人生冷暖一场梦，几度醒、几度情浓？灯舞流萤①，虚怀若谷②，清气若兰③风。

【注释】

① "灯舞流萤"比喻人生太短。② "虚怀若谷"出自《老子》，人的胸怀要像山谷一样深广。③ "清气若兰"出自王羲之《兰亭集序》中"虚怀若竹，清气若兰"一句，人的气骨要像兰花一样淡雅质朴，淡泊名利，芳香人间。

"灯舞流萤，虚怀若谷，清气若兰风。"意为人要把短暂的一生过得优雅有价值，有如山一样的胸怀，如兰一样的芳香。

作于 2020 年 12 月 30 日晨

昼夜乐·忆别

人生多少初相遇，过匆匆、难长聚。流年背影阑珊，总是别离情绪。岁岁春秋黄叶暮，照鸾镜①、鬓丝银絮。回首好时光，灞柳②阳关③去。

空余酒月邀谁诉，念从前、恨轻负。早知长短离亭，悔不当时留住。归雁啼声尘满路，望远方、系人心处。梦醒更思量，又攒眉千度。

【注释】

① "鸾镜"指妆镜。② "灞柳"指古代"灞桥烟柳"，古时，古人常送行亲友到灞桥（在今西安以东）止，有"灞桥别（赠）（折）柳"，"柳"音同"留"，李白有"年年柳色，灞凌伤别"。从秦汉到隋唐，古人又将灞桥称作"销魂桥""断肠桥""情尽桥"，以表达人与人依依惜别的情感。③ "阳关"指今玉门关一带，我告别陕西故乡，西出阳关从戎。

作于 2020 年 11 月 28 日

阳台梦·小寒、喜鹊与人

小寒风弄摇篮动，两个喜鹊约春梦。太阳移步入帘栊，晌午还不醒。

往年常早起，绕树衔枝舞咏。只为来日垒新巢，朱户人高兴。

【说明】

今日小寒，我以"欢鹊垒新巢"句之意，作《阳台梦·小寒、喜鹊与人》一首。

附：

咏廿四气诗·小寒十二月节
唐 元稹

小寒连大吕，欢鹊垒新巢。拾食寻河曲，衔紫绕树梢。霜鹰近北首，雏雉隐丛茅。莫怪严凝切，春冬正月交。

作于 2021 年 1 月 5 日

孤雁儿[①]·流年一生许

流年长是抛人去，少小梦、成追忆。缘来一遇几重回？望雁尘、无飞驿[②]。窗前明月，倚栏怀远，萦绕别离语。

芳华奋志飘香季，数度舞、争朝旭。星星鬓影乡庐醉，断续醒、相思意。春秋阅尽，方知冷暖，还把一生许。

【注释】

① "孤雁儿"又名"御街行"。② "飞驿"指信使，这里指与吾共事过的同事、故友都渐渐少有联系。

【说明】

时光流逝，感慨万千，特吟《孤雁儿·流年一生许》以咏怀。

作于 2021 年 1 月 14 日

广寒秋·记武汉的狂风暴雨

狂风乍起，妖魔突至，武汉天惊石破。雨帘直挂九云霄，问何必、携来横祸。

去年春疫，今时夏怪，电闪雷鸣险厄。苍穹百变不留情，又把个、半城萧瑟。

作于 2021 年 5 月 12 日

忆少年·写在六一儿童节

年年岁岁，几多春色，几多回忆？六一又近也，看幼儿朝气。

念少小、流光风景异。起高飞、鸿鸣奋翼[①]。而今忆童趣，似初心画里。

【注释】

① "起高飞、鸿鸣奋翼"出自唐代戴叔伦《孤鸿篇》："鸿志不汝较，奋翼起高飞。"句中"汝"指水。

【说明】

在六一儿童节到来之际，特作《忆少年·写在六一儿童节》，祝童心永驻。

作于 2021 年 6 月 1 日

酷相思·端午吃粽子

五月端阳包粽子，芦苇叶、黄软米。枣粘水、气腾香黍蜜。欲吃也、半熟里。欲睡也、惦心里。

犹记临家生粽砌,人不在、溜进去。咬几口、米生丢在地。今老也、还记起。憨态也、常笑起。

【说明】

在我4岁左右,邻居家包了粽子在盖篦上堆着,还没下锅煮,我寻思窑洞里没有人,又嘴馋得慌,以为是熟的,抓起就吃,一连剥了好几个,感觉不是粽子味,都扔泔水桶里了。被主人逮了个正着,告诉了我妈妈,我妈妈又好气又好笑地追着我,喊着要"掏我两胳嘟(陕北话,掏是打,胳嘟是拳头)",我一溜烟地跑了,临家叔叔还故意踢得双脚作响,嘴里嚷着"追上了,追上了"!

如今,妈妈远行,吾已老!过端午不像小时候那样心切了,但每每想起偷吃生粽子的事,自己都一阵好笑。

特填《酷相思·端午吃粽子》以咏怀。

作于2021年端午节

望海潮·百年巨变

悠悠万世,泱泱近代,丛林逆境逢生。山倚断霞,江吞绝壁,同心众志成城。华夏傲苍穹。忆峥嵘岁月,四海英雄。一代天骄,五千年史任飞鸿。

西风泣喉声声。恨民初清末,积弱蝇营。志士仁人,南湖火炬,栉风沐雨前行。立命①比天公②。看万山红遍,五岳葱茏。极目神州远景,更气势如虹。

【注释】

①"立命"出自宋代张载的"为天地立心,为生民立命,为往圣继绝学,为万世开太平"。②"比天公"出自毛泽东《沁园春·雪》:"欲与天公试比高。"

【说明】

此词为庆祝中国共产党建党100周年而作。

作于2021年7月1日

桃源忆故人·二伏和大暑时分杂谈

二伏连日多雷雨，大暑桑拿天气。不见蝉鸣无计，闷则和谁叙。

碧桃瓜李生香欲，何以消得心绪。莲影荷红蜂踞，教我怎生与。

【说明】

昨天入二伏，今天是大暑，心绪几何处？特吟《桃源忆故人·二伏和大暑时分杂谈》。

作于 2021 年 7 月 22 日

破阵子·军人本色

威武雄风虎啸，戍边戎马横刀。一万里山河踏遍，五千年血骨英豪。沙场剑斩蛟。

解甲还乡告老，梦回吹角战袍。眼看长城关外事，乱世纷纷起尘鏖。胸中怒火烧。

【说明】

我曾是一个军人，西出阳关，呕心沥血"蘑菇云"下。如今虽老，仍然回味戎马生涯，惦念国家安全。特在建军节之日，作《破阵子·军人本色》，以表达军人之襟怀，并将此词献给所有军人和退伍老兵。祝国强兵壮，国泰民安。

作于 2021 年 8 月 1 日

春风袅娜·处暑赏秋景

看白云野马,碧海天涯。风细细,似吹纱。正秋山多丽,美颜如画;红橙锦绣,金色年华。燕舞长空,蝉鸣万树,七彩如织惜落花。夏热匆匆辞朱户,秋凉促促到人家。

疏雨轻雷微冷,一帘幽梦,不经意、处暑催发。凭栏杆,倚篱笆。怀思景色,在水蒹葭①。年复一年,秋冬春夏;光阴似箭,更逐清佳②。人生易老,但多情似我,童心荡漾,好梦无瑕。

【注释】

① "蒹葭"指芦苇。本词把怀思秋景与《秦颂·蒹葭》中的爱情诗相媲美。② "清佳"指美好、优美。是追逐美好的意思。

【说明】

今日处暑。初秋盛景,天高云淡。红橙黄绿青蓝紫,令人陶醉不已,特填《春风袅娜·处暑赏秋景》。

作于2021年8月23日

卖花声·由七夕节想开去

一片蛙声喧,垂柳鸣蝉。几多人在倚栏杆?七夕共去相思月,鹊桥贪欢。

秋韵数声弦,花鸟微弹。欲飞天路过晴岚。唯怕时光留不住,千里婵娟。

【说明】

今天七夕,又是周末,朋友邀词,即席填一首《卖花声·由七夕节想开去》,祝有情人终成眷属。

十六字令·秋（三首）

秋，今古文人写尽愁。诗中泪，化作水东流。

秋，遍处诗仙语未休。红枫里，梦枕万花楼。

秋，此去明年怕月偷。临晚照，欲把暮秋留。

【说明】

正值秋暮，特以"秋"字作三首《十六字令》。

作于 2021 年 10 月 30 日

月上瓜舟·观云赏景

悠闲自在祥云，过田村①。飘绕香山，与我共销魂。林间静，几分醉，任驰心。日暮竿头，霞绮遇知音。

【注释】

① "田村"指京西的田村，也喻田园村庄。

【说明】

周末，碧天白云，穿林绕园，遂填词一首。

作于 2022 年 5 月 15 日

燕山亭·秋景

七彩天来，良工巧绘，万里叠叠灿熳。华美靓妆，诗写丹枫①，含情袖香②羞掩。数片飞飞，更艳若、天仙顾盼。争伴，怕舞醉凋零，媚姿难见。

今古世间人烟，匆匆过，唯有青山雕焕。岁月悠悠，回首依依,心帘故途③犹幻。霜叶妖娆,却转眼、落红长叹。留恋,多意绪、秋光又远。

【注释】

①"诗写丹枫"为唐朝"红叶媒"典故,意指枫叶传情。②"袖香"出自宋代耶律洪基《题李俨黄菊赋》中"袖中犹觉有余香"一句,此处指霜叶留有余香。③"故途"指人生走过的路,经过的事。出自明代金大车"今日经故途"。

【说明】

正是年年秋景迷人处,最使凡间眼醉时,特填《燕山亭·秋景》。

作于 2022 年 11 月 5 日

甘州曲·葡萄牙痛失四强,为 C 罗惋惜

C 罗挥泪绿茵场,闻挂甲①,更神伤。吼狮长啸世无双。此战未称王,怨教头、锁虎费思量。

【注释】

①"挂甲"指退役。

【说明】

今晨世界杯葡萄牙对摩洛哥,C 罗没被桑托斯教练首发,让人一阵神伤。观战后特填词一首以咏怀。

作于 2022 年 12 月 11 日

垂杨碧·春月雪

春月雪,一地鹅毛飞屑。疑似梨花香径砌,漫过春草叶。

放眼北国川岳,玉色延绵人悦。忙把寸心织热血,此情难复写。

【说明】

一冬无雪,此时,帘外正是春花待发、雪来矣!

绮罗香·古树雪影

庭院飞霜，台楼落雪，朱户石阶尘素。漫卷西风，白絮树梢萦舞。极刹那、琼缕婆娑，又忽是、玉沙莹露。此意境、诗画难收，载情一片载歌诉。

南山荒寺森木，黄叶飘零萧索，纵姿环顾。立尽芳华，梦绕雪衾深处。朔风吹、仰看梨花，肃气迫、俯拾银谷。更晓他、庚岁千年，探春争媚妩。

【说明】

去南山踏雪，有，千年古树，观，雪压冬树，然，不见悠悠岁月往来人。一声叹，树未老，人匆匆！特吟《绮罗香·古树雪影》。

阳关①曲·小年

二十三日小年节，祭送锅台灶马爷。上天先报凡间疫，难过阳关千万结。

【注释】

① "阳关"指的是人感染新冠。与词牌《阳关曲》中地名有别，但意有相近。

【说明】

今日小年，相传送灶神上天给玉皇大帝述职，汇报人间善恶困苦。由此想开去……特填《阳关曲·小年》。

作于 2023 年 1 月 14 日

重叠金·五月怀思

花开五月香尘漫，幽帘外面低飞燕。庭院起东风，不住舞红英。

岁岁惜春去,又把来春许。过了夏秋冬,还倚此门中。

【说明】

5月,先开的花散了,新开的花浓了。香袭人,分不清余香还是新香。而春将去、人还倚,令人好个留恋处!

特填《重叠金·五月怀思》以咏怀。

作于2023年5月1日

千秋索·种菜

闲翁种菜田园小。耕不辍、保苗锄草。多品邻畦竞绿时,我骄傲、眉堆笑。

忽愁食客人来少。眼看都、菜花黄了。大半辛劳一半丢,凭寄语[①]、悠然老。

【注释】

① "凭寄语"出自元代元好问的"寒雁归时凭寄语"。意为寄托。

作于2023年6月3日

水仙子·回首

黄昏独倚望银钩,万里知行数尽秋。征鞍岁月崎岖路,浪拍烟雨舟。

人生过往何求?千年走马[①],浮云月流。回首悠悠。

【注释】

① "千年走马"摘自唐代李贺的《梦天》:"变更千年如走马。"

【说明】

人生一叶舟,回首千重浪,特填《水仙子·回首》以咏怀。

作于2023年6月27日

秦楼月·人生路①

千千结,年年岁岁追明月。追明月,人间天路,阴晴圆缺。

故乡噙泪伤离别,阳关万里一腔血。一腔血,浮云落日,鬓丝成雪。

【注释】
①押入声韵。
【说明】
少小离家追日月,老大归来已暮年,特填《秦楼月·人生路》以咏怀。

万年枝·雨后冷

今日冷,入脖风,秋雨落朝京①。梢头飞叶去匆匆,回首尽哀声。

欲登楼,穿绒袄,红日千竿笑②照。谁知此岁不神仙,还是莫凭栏。

【注释】
①"朝京"指赴京城。②"千竿"指日高。
【说明】
今天雨后风大,地上结了麻麻冰。特即兴填《万年枝》又名《喜迁莺》小令词一首咏怀。

作于 2023 年 11 月 6 日

第九十章　诗集

咏月

今人不见古时月，今月曾经照古人。
人攀明月不可得，月行却与人相随。
明月高楼休独倚，恨君不似江楼月。
此生此夜不长好，明月明年何处看？
人生代代无穷已，江月年年只相似。
我寄愁心与明月，满船空载明月归。
三五夜中新月色，二千里外故人心。
阴晴圆缺共婵娟，唯愿当歌对酒时。
今夜明月人尽望，千古团圆永无缺。
吾心自有光明月，赏心何必中秋节。

【说明】

今将古代诗词名人名句集成《咏月》新诗一首。（集句诗又叫错配诗，读来别具风味。）

作于 2017 年 10 月 4 日

寒衣节

我为双亲送寒衣,
登时泪眼悲凄凄。
白发独倚斜阳树,
怀思弱冠①怨别离。

【注释】
① "弱冠"指男儿 20 岁左右。
【说明】
我 19 岁离开父母,西出阳关从军。此后相见,全部加起来也不到两年之数。农历十月初一是给仙去的人送寒衣的节日,特吟诗祭祀。

作于 2021 年 11 月 5 日

人生

人生一梦到白头,
烟雨江湖苦作舟。
春夏秋冬停不住,
有人欢喜有人愁。

作于 2021 年 11 月 14 日

冬至

碧空明月静,
寒气晚来生。
冬至初长日,

思乡不了情。

【说明】

今日冬至。古有"冬至大如年"的习俗，文人墨客也会在冬至日思乡。如"我生几冬至，少小如昨日"（苏轼）；"冬至至后日初长，远在剑南思洛阳"（杜甫）；"邯郸驿里逢冬至，抱膝灯前影半身"（白居易）；等等。

作于 2021 年 12 月 21 日

今日立春

大年初四艳阳天，
冬意未消残雪寒。
恰遇立春听笑语，
更迎冬奥舞翩跹。

【说明】

今日大年初四，北京天气晴朗，民间是迎新神（五路神）的日子，恰遇立春和冬奥开幕日。

赞冬奥开幕

萋萋芳草立春来，
葳蕤生花天上开。
宾客欢颜停不住，
鸟巢冬奥景释怀。

【说明】

昨晚第 24 届冬季奥林匹克运动会在北京隆重开幕。高朋满座，流光溢彩，音影光声千古一绝，中华 5000 年文明与智慧尽显眼前，特有感而发吟诗一首，为开幕式点赞。

作于 2022 年 2 月 5 日

游十三陵水库景区（四首）

（一）
荒山枯草凄凉地，
处处栏栅道道墙。
游园锈锁蜘蛛网。
亲水隔栏更愁肠。

（二）
十二年前水库旁，
灯红酒绿店家忙。
旌幡女郎声如唱，
车水马龙一醉香。

（三）
望水桥栏石径上，
不见故人空坝梁。
唯有明陵皇帝梦，
行人过往敢惊床。

（四）
二月春风似剪刀，
剪得嫩柳绿丝绦。
人面桃花曾相映，
料峭春寒太寂寥。

【说明】

昨天周末，晴空万里，闲着驱车游十三陵水库，边走边看边想，特咏成 4 首诗句。

作于 2022 年 2 月 28 日

龙抬头

二月二日出郊游，
残雪含情把泪流。
春风送暖催杨柳，
人仰龙脖正抬头。

【说明】
二月二龙抬头，特即兴吟诗一首。

作于 2022 年 3 月 4 日

初春雨·周末西郊行

芽草尖尖步步高，
春光日暖上西郊。
花苞欲放听轻雨，
人转围栏看蕊娇[①]。

【注释】
① "蕊娇"指待开的花蕾。
【说明】
3 月的北京，满园春色，昨又遇小雨，特吟诗一首。

作于 2022 年 3 月 13 日

京城三月雪

绒雪扑来一阵凉，

远山白玉眼前霜。
花颜不晓春寒冷,
瑟索①枝头懒理妆。

【注释】

① "瑟索"指冷得蜷缩或发抖。

今日春分

不等春分花自醒,
春分到了满园新。
留住此时新照影,
人面桃花崔护心。

【说明】

今日春分,特作诗一首助兴。

清明祭·怀古

三皇五帝夏商周,
尽付春秋逝水流。
一统中国秦政①墓,
久合华夏汉唐丘。
千年更替明清灭,
近代开来帝制休。
南湖建党兴伟业,
人民百战定神州。

【注释】

① "秦政"指秦皇嬴政。

【说明】

今天,清明祭祖忆古,诗兴起提笔写春秋。

作于 2022 年 4 月 5 日

清晨雨

好雨打窗楞,
如歌正发声,
随风一阵阵,
地上水花生。

神舟飞天

跃起神舟三万里,
巡天看尽地球村。
九重云外和明月,
共与嫦娥醉倚门。

【说明】

神舟十三号载人飞船今天上午 10 点返回地面,祝贺太空旅行半年后圆满归来。

作于 2022 年 4 月 16 日

谷雨

京城谷雨风三四①,

花落如蝶舞步轻。
邻院牡丹开满径,
不由抛眼此门中。

【注释】
① "风三四"指今天谷雨,风力有三四级。
【说明】
谷雨前后正是北方赏牡丹的好时节。

作于 2022 年 4 月 20 日

国际劳动节

那是一八八六年,
美欧工运五一天。
抗击资本毛孔血,
争来劳动有尊严。
世界惊雷兴马列,
中国闪电起波澜。
气吞云梦功名在,
铁马红旗尽日欢。

作于 2022 年 5 月 1 日

蝴蝶飞

防控出不去,
帘外彩蝶飞。
自由寻花蜜,
安得画柳眉。

作于 2022 年 5 月 14 日

七律·献给建党百年庆典

南湖火炬九州明，
赣江一带战旗红。
万里长征听虎啸，
三军过后看龙腾。
抗倭沙场连天怒，
解放中国动地惊。
更有神州歌舞处，
宏图伟业气如虹。

成都沙河（看到同学沙河休闲视频有感）

沙河小道绿荫中，
竹椅茶香鸟语声。
犹记五十年前景，
川音勾起许多情。

一声炸雷

黑云滚滚来天半，
电闪雷鸣下鹫山①。
猫吓狗惊鸡不见，
一旁老汉笑成仙。

【注释】
① "鹫山"即京西北的鹫峰。

【说明】

大前天下午,突然滚滚炸雷,黑云压城,身边原本平静的猫、狗、鸡,一溜烟地不见了。看着它们惊恐逃跑的样子,老翁笑得合不拢嘴。

作于 2022 年 5 月 27 日

杏未熟

满枝红杏弄轻柔,
不嫁知音誓不休。
恰有馋人先动手,
怎生羞作酸石榴。

【说明】

今天树下乘凉,顺手摘了颗黄杏,一吃酸牙,特吟诗一首打趣。

作于 2022 年 6 月 5 日

父亲节

清泉润物细无声,
甘雨东风化作虹。
茹苦脊梁沉默里,
永生难忘父亲灯。

【说明】

因为父爱如山,父爱如灯,点燃自己,照亮儿女,特吟诗一首怀念父亲。

作于 2022 年 6 月 19 日

夏至闷热

夏至高阳白昼长，
日蒸一动汗如汤。
亭台水榭独斜倚，
为有微风好个凉。

【说明】
夏至，闷热难熬，独坐水亭呼风唤雨，特即兴吟诗一首。

作于 2022 年 6 月 21 日

墙角一枝花

只顾菊黄月季红，
野花墙角自多情。
停车细看忙相问，
一世一生有远朋。

【说明】
炎夏雨后的早晨，清新而舒适。我只顾赏菊花、看月季，忽见墙角一朵紫色的野花，虽小却摇曳着迎送客，让人不由得停步，专情赏美。

作于 2022 年 6 月 23 日

不忘初心[1]

夜半惊雷唤雨声，
苍烟滚滚闪红明。
同生万世一江水，

共处千年四海瀛。
数代英雄如虎啸，
几番妖怪似蝇嗡。
艰难困苦初心在，
更扫阴云放眼虹。

【注释】
①新韵。

【说明】
今天是中国共产党建党 101 周年，值此之际作诗一首以咏怀！难忘先辈们为人民服务的初心，更祝愿伟大的党生日快乐！

作于 2022 年 7 月 1 日

逛昌平奥特莱斯名品店

一马飞奔过六环，
长城脚下见人山。
比邻商道车如海，
户限为穿挤破天。
降价促销博众眼，
打折名品半台完。
味香排档鼻先哙，
新冠添愁不敢馋。

【说明】
十一长假，孩子们几番去名品店。趁着店庆打折购物，昨天我也和老伴去逛了一圈，真是人山人海，车水马龙。

特吟诗一首叙景抒情。

作于 2022 年 10 月 6 日

无题（三首）

（一）
几回得意马前花，
岁不留人气自华。
莫要仰头朝上看，
归田解甲戏分茶①。

【注释】
①"戏分茶"指高雅的品茶方式，犹如茶道。宋代陆游、杨万里都有戏分茶佳句。

【说明】
今看到熟友换届荣归，不由得想开去，正是功名利禄随风去，竹杖芒鞋轻胜马，特吟诗一首咏怀。

作于 2022 年 10 月 23 日

（二）
昨晚风一阵，
寒天碧玉清。
星河千万里，
钩月钓心情。

【说明】
昨晚一阵大风，碧空星河静。今天风冷骨寒，在家煮茶品诗。随吟诗一首。

作于 2022 年 11 月 30 日

（三）
人言我是酒中仙，
我道人间醉不完。
当醉长歌一辈子，
暮年浇酒醉桃源①。

【注释】

①"桃源"指陶渊明的《桃花源记》和《桃花源诗》。毛泽东有"陶令不知何处去，桃花源里可耕田"的诗句。

作于 2023 年 3 月 30 日

紫竹院揽翠亭

竹斜揽翠亭，
我倚望苍穹。
湖映西山处，
流莺①已不同。

【注释】

①"流莺"是唐代诗人李商隐借流莺比作自身。此处喻我。

【说明】

读增恩先生《临江仙·寒登揽翠亭》，想起我 20 世纪 70 年代初每日晚饭后散步紫竹院，其间必登揽翠亭眺望的日子。

作于 2022 年 12 月 4 日晨

立冬日即景

深秋又立冬，行雁去匆匆。
塞外初飞雪，京郊起冷风。
寒天开月季，衰草抱团生。
田麦新苗绿，繁息自有灵。

【说明】

今日立冬，北方大地一些物种在渐渐寒冷的天气下，努力争辉生长，特吟诗一首。

作于 2022 年 11 月 7 日

品茶

寒庐听雨阔，
更煮晚茗①壶。
谁解茶中意，
惜惜对影无。

【注释】
①"晚茗"指晚采之茶，如砖茶、老白茶、普洱茶等。正是"冬寒煮老茶，书屋气自华"。

【说明】
今天遇冬雨，独自品茶看书，可惜无人对饮，特吟小诗一首。

作于 2022 年 11 月 11 日

热

冬天取暖要交钱，
夏热蒸笼免费钻。
脑袋汗流停不住，
瓜壳①进水正流完。

【注释】
①"瓜壳"喻脑瓜子。

【说明】
热浪难熬，不敢步入赤阳。纳凉闲思，哼一首诗，打趣。

作于 2023 年 7 月 3 日

初伏

伏到之前已热锅，
今天小暑汗婆娑。
人愁烈日蒸腾浪，
仍有蝴蝶欲上荷。

【说明】
今日小暑，特作诗一首。

作于 2023 年 7 月 7 日

头伏

头伏两日雨轻轻，
风起激灵踏径行。
一解多天烧烤闷，
林中又见老飞莺①。

【注释】
① "老飞莺"是自比。因为多天热得不敢绕林登高。今早踏步还有点冷。

作于 2023 年 7 月 12 日

雨后云中人

白云绕在半山空，
忽有山林忽有峰。
人踏云时云去去，

只缘人是老顽童。

【说明】

昨天下午雨后天晴，北京西山白云缭绕。沿山路而行，特吟诗一首咏怀。

作于 2023 年 7 月 14 日

白莲花

绿荷塘里睡莲白，
洁净出泥不染埃。
怒放心花迷醉客，
蜂舞蛙歌还复来。

【说明】

独立荷花池边所思。

作于 2023 年 7 月 15 日

回首 2012 年 7 月 21 日北京暴雨[①]

那年七月二十一，
暴雨惊魂落燕西。
此日今时天满泪，
教人回首又愁凄。

【注释】

①《中华新韵》。

【说明】

今天 7 月 21 日，又发布暴雨蓝色预警。想起 2012 年的那场雨，特作诗一首。

暴雨

黑云滚滚下西山，
电闪雷鸣雨卷川。
万户闭窗窗外鼓，
千车入水水中船。
朦胧烟海长安道，
缥缈珠帘草舍庵。
我欲举盆接甘露，
寻思灌脑种诗田。

【注释】
后两句纯属童心之乐。佛教有句话："甘露灌顶，光明浴身。"

【说明】
昨天傍晚京城暴雨，特沐雨作诗一首。

作于 2023 年 7 月 30 日

步韵和·陈杰平·洪大为（少时村里放电影）

一块白帆挂起来，
全村早早收锅台。
婆姨①老少和姑嫂，
媳妇牵拉抱②小孩。
剧里音声都会唱，
银屏打斗不需猜。
看完三战③追乡看，
倒背如流笑我呆。

【注释】

①"婆姨"是陕北人对已婚女的称呼。②"牵拉抱"指每家都子女多，五六七八是常态。③"三战"即老三战，地道战、地雷战、南征北战。

晨练细雨

难得一夜丝丝雨，
竹杖湿鞋健步飞。
连日高温潮退去，
爽风扑乐少①年眉。

【注释】

①"少"的反义词是"老"。老翁开心即变少。

二伏第一天

电闪雷鸣一劲夜，
头伏送雨二伏初。
风凉觉醒推窗看，
遍地泥香种水珠①。

【注释】

①"种水珠"比喻雨还在"种"。

【说明】

二伏头日雷雨夜，晨起推窗诗上怀，特即兴哼一首。

永定桥

八百多年永定桥，

卢沟晓月守清寥。
年年落雨潇潇下，
日日波光滚滚涛。
枪炮摧残仍屹立，
敌军蹄踏犹娇娆。
旧桥边上新桥垮，
同遇山洪怎溃逃？

【说明】

2023 年 8 月 1 日，台风"杜苏芮"引起的暴雨洪水，把建成只有 14 年的卢沟新桥冲垮，同在一片天地的建成于 831 年的旧桥（卢沟桥）却完好无损，特作诗一首咏怀。

作于 2023 年 8 月 4 日

立秋①

三暑②中间夹立秋，
白天酷热夜风柔。
轮回日月流光去，
变换阴阳盛夏收。
喜看稻菽千鸟唱，
忙掰玉米百蝉啾。
怀知四季催人老，
大笑一声③竹杖④游。

【注释】

①《中华新韵》。②"三暑"指小暑、大暑、处暑。③"大笑一声"取自唐代李白的《南陵别儿童入京》："仰天大笑出门去，我辈岂是蓬蒿人。"④"竹杖"取自宋代苏轼的《定风波·莫听穿林打叶声》："竹杖芒鞋轻胜马，谁怕？一蓑烟雨任平生。"

【说明】

又一年立秋，时光如流，万物竞自由，特作诗一首抒怀。

作于 2023 年 8 月 8 日

扶秋蝉

秋风梳理树枝头，
但见寒蝉下地愁。
扶起呜咽飞柳上，
顿觉一载意无留。

作于 2023 年 8 月 15 日

长安乐游原和大雁塔

长安古道渭河东，
乐游原上雁塔风。
送去苍生多少代，
唯有孤高万世空。

附：

游雁塔
唐　李商隐

万树鸣蝉隔岸虹，乐游原上有西风。
羲和自趁虞泉宿，不放斜阳更向东。

乐游原
唐　李商隐

向晚意不适，驱车登古原。
夕阳无限好，只是近黄昏。

天冷

风声啸啸整一天,
忙把棉衣套外边。
老了不经寒带雨,
翻箱倒柜找巾冠。

三炷香[①]峰

抬头三炷香,
齐峙温泉乡。
怀抱簸箕水[②],
白家疃墨庄[③]。

【注释】
① "三炷香"位于白家疃村的正面南山,因三峰峙立而得名,其山后就是香山和樱桃沟。② "簸箕水"专有名字,"簸"字破律了,但解释为古诗尾也是可以的。③ "墨庄"指白家疃的一个院子,《红楼梦》作者曹雪芹在此住过。

醒世

出世竹席冻雪篷,
草帘窗下瓦窑[①]东。
不知辛苦常追月,
哪晓饥荒又起风。
读破千书寻日好,
横穿万里向阳红。

一生眼亮尘难忍，
不作痴呆不作聋。

【注释】
① "瓦窑"一指我住的窑洞；二指我出生在陕北的瓦窑堡。

雪①

漠漠琼妃舞，
六出绕耳蜂。
玉尘千万里，
银粟夜归人。

【注释】
① "琼妃""六出""玉尘""银粟"都是古人对雪的雅称。

看足球世界杯

焦虑三年怕码阳①，
足球世界找疯狂。
老夫提劲欺年少，
一夜追星看两场。

【注释】
① "码阳"是核酸检测出阳码。

【说明】
世界杯足球赛使不同国家、不同信仰、不同肤色的人们共同狂欢。八分之一赛时，我一夜连追两场。

作于 2022 年 12 月 9 日

看阿根廷与荷兰足球大战

阿荷大战太惊魂,
胜败萦牵读秒心。
跌宕起伏关不住,
看台皆是断肠人。

【说明】

凌晨3点,阿根廷与荷兰上演了一场惊心动魄的足球比分大回转,这是今年世界杯最精彩的一场球赛,也算是经典之战。

作于 2022 年 12 月 10 日晨

纪念钱学森诞辰 111 周年[①]

男儿万里忧国弱,
富贵荣华岂忘根。
征路厚积图碧血,
学涯蓄势献丹心。
一星两弹飞天梦,
寸胆双肩立地魂。
为报家恩[②]多壮志,
中华盛况最功臣。

【注释】
①新韵。②"家恩"指祖国母亲生育之恩。

作于 2022 年 12 月 12 日

跑步

一阵寒流卷地风，
日西微照却冰凌。
羽绒毡帽皮棉裤，
跑了八圈又热腾。

【说明】

今天-12℃~-4℃，阵风7级。出去走走，一路未见人影。

作于2022年12月17日

由世界杯足球冠军想开去

(一) 别人家足球
世界足球年少志，
功夫砺刃锻成金。
征袍血染提头剑，
杀入重围破阵门。

(二) 我家足球
武大开店利欲心，
教头先腐赌球昏。
美人黑哨金钱梦，
败坏精神养鬼瘟。

(三) 强我足球梦
彻底废除钱养鬼，
无能解散队清零。
寡头资本出局日，
便是泾川不染尘。

(四) 我家不乏好球星

自古英雄出少年，
少年磨砺在民间。
藩篱不废多埋没，
路有才高难举贤。

【说明】

昨天卡塔尔世界杯落下帷幕，20多天来，看得人心潮澎湃，特别是阿根廷与法国夺冠之战，梅西与姆巴佩的狮虎之势，谁败下阵来都令人惋惜，全场激烈程度让人窒息。

作于 2022 年 12 月 20 日

看病

出门先看有无人，
口罩封严不露唇。
急诊门前排队远，
寒风瑟瑟两时辰。

冬至吃饺子

冬至北方吃饺子，
碗中香醋扁食①馋。
和汤②大蒜三杯酒，
躺倒舒服欲作仙。

【注释】

①"扁食"是饺子别名。②"和汤"指喝饺子汤。

生日

腊月初一命，
风狂雪破门。
寒窑无炭火，
出世有娘温。
饿泣传窗外，
哭声绕后村。
妇闻忙解袄，
婶乳养儿亲。

【说明】
农历戊子年、甲子月、己丑日（1948），伟大的母亲给了我生命。特吟诗一首，感恩我的父母，感恩喂过我乳汁的乡亲婶婶。

作于 2022 年 12 月 23 日

理发

路上行人起热潮。
阳得昂首乐逍遥。
阴翁理发刚一半，
师傅阳康客吓毛[①]。

【注释】
① "毛"指惊慌不定。
【说明】
本诗写在新冠疫情期间。

作于 2022 年 12 月 25 日

腊八粥的来历

年年腊月初八日，
五味生香解氐惆①。
古寺佛心千万遍，
驱魔抗疫赠福粥。

【注释】
① "氐惆"指心情不好，人很郁闷或有苦难。

作于 2022 年 12 月 29 日

梅花

腊梅高仰无飞雪，
只恨今冬疫太癫。
自是迎春关不住，
香魂铁骨笑凌寒。

【说明】
今天是 2022 年的最后一天，梅花照开，铁骨香魂，迎春报喜。

作于 2022 年 12 月 31 日

小寒

梅枝度小寒，
不再做核酸。
遍地羊群跑，

翁心似跨鞍。

【说明】

抗疫放开，元旦、小寒前后，阳康的人说走就走，没阳的人也想跨马走四方。

作于 2023 年 1 月 5 日

周恩来逝世 47 周年纪念

为民唱彻无私欲，
苦胆滴汁写尽春。
咬定青山千古颂，
更嗤秦桧跪忠门。

【说明】

今天 1 月 8 日，是周恩来逝世 47 周年纪念日，特作诗一首咏怀。

作于 2023 年 1 月 8 日

三节相连

大寒天气雪梅枝，
明日除夕虎欲辞。
随后春节白玉兔，
三节共庆动相思。

【说明】

今大寒，明除夕，后春节，三节连日喜吟诗，更念亲朋共此时。

作于 2023 年 1 月 20 日

迎兔年

岁酒屠苏还未举，
桃符已上大门楣。
为祈好景来年愿，
高挂灯笼共璧晖①。

【注释】
① "璧晖"指日、月的光辉。

【说明】
今除夕，忙着贴对联、挂灯笼，迎接兔年。

作于 2023 年 1 月 21 日

守岁

守岁除夕夜，
童真盼过年。
少时追日月，
老壮梦乡关。
不驻光阴去，
回首已惘然。
共欢新故岁①，
迎送复春天。

【注释】
① "共欢新故岁"出自唐代李世民的《守岁》。

【说明】
癸卯年零点钟声敲响，特作《守岁》。

作于 2023 年 1 月 21 日

盼归

除夕，
年夜团聚时，
子女难回，
老两口相对，
一桌饭，
无限思量。
守岁，
零点钟声一岁去，
红烛照壁辉，
灯捻儿轻挑，
点到明。
初一，
开门见喜，
树上客鹊①三两声，
红灯对联晨曦中，
难不成，
儿女孙子归？

【注释】
①"客鹊"即喜鹊别名。
【说明】
大年初一，写一首自由诗。

回娘家

初二走娘家，

鸡鸭不用拿。
电驴驮女婿，
背上胖娃娃。

【说明】

初二习俗回娘家。朱明瑛唱过一首《回娘家》民歌，以此吟《五绝》一首。

赠晓川[①]兄

一所相识同共事，
紫竹三虎做邻居，
公安武警心相印。
转眼白发忆序曲。

【注释】

① "晓川"原名柳晓川，我的329厂同事。

【说明】

晓川是我的榜样。我常忆起那个我们奋发有为的年代，也记得我与晓川兄的友谊。

正月初三

大年初三夜，
老鼠娶亲节。
忆小伴装睡，
专听鼠过街。

【注释】

习俗，正月初三是老鼠娶亲日。

【说明】

小时候，大人说老鼠正月初三嫁女儿，娶媳妇，小孩们早点睡，别惊动它们。我信以为真，拉着两个妹妹，趴在炕墙边一劲听，也不知神灵还是幼稚，我似乎听到了唢呐声，就同她俩吹嘘，闹得她俩侧耳贴墙，可就是听不到。

特吟诗一首怀念。

作于 2023 年 1 月 24 日

正月初五

破五迎财神，
开张店户新。
填穷一肚饺，
福气喜临门。

【说明】

破五习俗，迎财神——烧五炷香，迎五路神——开市井；大小商户，推门放炮，开张迎客；填穷坑——今天要吃撑，最好吃饺子，饺子像元宝。

盛唐过年时

长安夜放花千树，
五彩霓裳弄管弦。
翻看唐朝一盛世，
万国朝圣有诗篇。

癸卯过年时

疫后翩翩起舞扇，

> 银花火树对无眠。
> 踏歌声里风雷动，
> 别梦依稀感逝川。

【说明】

全国抗疫 3 年，放开后正赶上兔年春节，古城西安（我故乡）更是张灯结彩，盛装踏歌，玉女翩跹。特作《七绝》两首，其一说盛唐，其二话当下。

春来早

> 探看江南二月花，
> 遥思万里满枝发。
> 东风送暖春来早，
> 雨润香酥雪兴家。

【说明】

在视频中看到南方春色，特吟诗一首以咏怀。

作于 2023 年 2 月 25 日

父辈

> 父辈生前道义同，
> 浩然将血洒长征。
> 而今好过来时路，
> 断续讴歌断续风。

【说明】

今天看到陈赓家人纪念父亲诞辰 120 周年，心有一振，特吟诗一首缅怀我们所有无私无畏、忠骨为民的前辈。

作于 2023 年 2 月 28 日

正气

人生能有几光辉？
化作虹霓照古碑。
正气千年功盖世，
中华傲骨敢横眉。

北京惊蛰天

惊蛰不雨不雷声，
只见新芽草木生。
润土春风香满径，
攀枝又等杏花红。

【说明】

今日惊蛰，北京回暖，无雷声。但见草芽一日一寸长，杏树、玉兰树含苞待放。特吟诗一首以咏怀。

作于 2023 年 3 月 6 日

昨夜回京

穿着半袖到北京，
一下飞机抖冷风。
已是残春催五月，
不应寒雪自多情。

【说明】

昨天晚上 11 点回到北京，地面温度很低，风吹人抖，特吟诗一首以咏怀。

作于 2023 年 4 月 22 日晨

青年节·有所思

老夫何必悲白发，
更见青丝日日来。
春草萋萋情满世，
芳华艳艳意天垓①。
朦胧季淡②桃花落，
清醒家贫桂树开。
谁问廉颇能饭否③？
芒鞋竹杖④自悠哉。

【注释】
① "意天垓"指天阔意远。"天垓"指天际、天边。② "季淡"指春季（青春）过了。③ "廉颇能饭否"出自《史记廉颇蔺相如列传》及宋代辛弃疾《永遇乐京口北固亭怀古》："廉颇老矣，尚能饭否?" ④ "芒鞋竹杖"摘自宋代苏轼《定风波》："竹杖芒鞋轻胜马。"

【说明】
人生一世，坦然接受老去，贵在心平气和，更无须悲白发，未来必然是年轻人的。特在青年节作诗一首以咏怀。

作于 2023 年 5 月 4 日

由淄博烧烤想开去

春秋五霸齐国首，
战国七雄统在秦。
孙武千年兵法古，
桓公一觉社稷新。

回头扁鹊烟尘里，
仰看飞熊烤串人。
历世几多伤往事，
民间愿景念知音。

【说明】

淄博是 2000 多年前春秋五霸之首（齐、宋、晋、秦、楚）齐国的首都，后在战国七雄（秦、楚、齐、燕、赵、魏、韩）时期，被秦统一。其历史名人和文化典故数不胜数，包括孙武、齐桓公、扁鹊、飞熊（姜子牙号飞熊）等等。

作于 2023 年 5 月 7 日

大唐

西望长安霸柳烟，
盛唐一去越千年。
华清池水余香在，
不见回眸杨玉环。

【说明】

昨天看到中亚五国峰会在古长安召开，夜宴大唐芙蓉园，管弦歌舞，盛景空前。忽然想起白居易的《长恨歌》，特吟诗一首以咏怀。

作于 2023 年 5 月 19 日

大唐盛世

唐代芙蓉园上客[①]，
万国朝圣有遗篇。
长安驿道旌旗动，
朱雀[②]宫门[③]鼓乐喧。

图治④贞观三百载,

开元盛世两千⑤年。

富民通贾⑥轻徭赋,

罪诏⑦容得庶人欢。

【注释】

①"上客"指贵宾,座上客。②"朱雀"指唐朝长安的正南门。③"宫门"广场是皇帝举行庆典的地方。④"图治"即之治、初治。⑤"两千"与前文"三百"均是概数。⑥"通贾"指允许百姓自由经商。开放世界商贸市场,长安商贾云集。⑦"罪诏"即帝王引咎自责的罪己诏书。

【说明】

近来重读《史记》,特作诗一首赞大唐盛世。

作于 2023 年 5 月 23 日

春暖花开·芒种（步倪健民①《芒种》韵）

麦收磨面做馍香,

出自田人背日长。

饱汉应知农耕苦,

烈焰芒种抢插秧。

【注释】

①倪健民：中华全国总工会原副主席。

附

倪健民诗：

芒种

牵牛蔓绿果梅香,

燕掠江堤穗海长。

昨日黄云飞陇底,

今来碧水露新秧。

苔米

春来春去百花妍，
苔米无心比牡丹。
自处微尘天地老，
张弛有度是新欢。

【说明】
苔米虽小，却自有生气。今读清代袁牧《苔》，有感而作。
附：

苔

清　袁牧

白日不到处，青春恰自来。
苔花如米小，亦学牡丹开。

为友陇西民歌词

（一）

哎嘿……
黄土坡上圪梁梁，
大湾小湾老崖梁。
圪梁梁，月亮湾，
养育儿女情意长。
你为儿女遮风雨，
养我育我是亲娘。
我为亲娘披绿装，
幸福生活万年长。

(二)

哎嘿……
黄土坡上圪梁梁，
大湾小湾湾绕梁。
卢家嘴，月亮湾，
祖祖辈辈我家乡。
你为儿女遮风雨，
养我育我是亲娘。
我为亲娘披绿装，
幸福生活万年长。

(三)

曾经……
风卷黄土沙打窗，
十年九旱难娶房。
草不生，鸟过往，
三梁一湾涸水荒。
你为儿女遮风雨，
养我爱我是亲娘。
我为亲娘披绿装，
幸福生活万年长。

(四)

如今……
我要家乡变模样，
林果遍地绿满梁。
蜂蝶舞，百鸟唱，
敢叫湾梁变花香。
谁不说我家乡美，
我爱家乡爱亲娘。

我为亲娘披绿装，
幸福生活万年长。

出游人

铁马行千里，
出游万万人。
抬头十五月，
还似故乡轮。

【说明】

八月十五和国庆长假，近亿人次出游，观景看庙享秋韵，到处人山人海。是夜，抬头望月，看到的还是故乡的那个月亮呀！特吟"五绝"诗一首咏怀。

思乡

客在他乡念故乡，
几多明月几多长。
圆缺梦里家犹在，
一入空屋泪两行。

【说明】

父母在，家就在。今早抖音一中年男子回故乡探亲，父母都远去了，他看见老屋荒草，顿时泪眼婆娑。看到此景，我有同感。

作于 2023 年 10 月 6 日

寒露

寒露丝丝雨，

秋风叶正黄。
起来一阵冷,
翻柜找衣裳。

【说明】
今日寒露,早晨微雨,特即兴吟"五绝"一首咏怀。

作于 2023 年 10 月 8 日

老了

蹉跎半世才华过,
荏苒流光不复回。
对酒当歌谁与共?
人间天上月微微。

【说明】
叹人老得太快,特信口吟"七绝"一首。

作于枕衾中

秋雨

秋雨绵绵打叶残,
落枫红泪入微寒。
黄菊倒挂珍珠露,
柿子垂摇万点泉。
千里层林争碧色,
百年一梦问仙丹。
登高又唱金风曲,
那更天涯望眼穿。

【说明】

前日秋雨,老夫怀绪,特作"七律·秋雨"一首咏怀。

作于 2023 年 10 月 19 日

重阳节

每逢重九日,
满径看菊秋。
景挂桑榆树,
生息岁月稠。

【说明】

今天是九九重阳节,古为登山赏菊节,今叫"老年节"。特吟五言诗一首以抒怀,祝老年朋友健康常乐,年轻朋友遍插茱萸有佳人。

作于 2023 年 10 月 23 日

打狗

打狗突如战火中,
人人对峙狗捶胸[①]。
吃人老虎无人恨[②],
人兽天生狗最忠。

【注释】

① "狗捶胸"拟人,意指狗喊冤。② "无人恨"指老虎是受法律保护的。28 字诗,特意用了 5 个"人"字,3 个"狗"字。

【说明】

10 月 16 日,成都女童被狗咬,令人十分痛心。随后兴起全国打狗潮。不是诅咒狗主人,而是一股脑儿拿狗问罪。随之而来的是爱狗者与恨狗者对峙,让不懂人话的狗儿都蒙圈了。

作于 2023 年 10 月 25 日

无题

断续风云断续寒，
半天回暖又贪欢。
无常世事黄梁梦，
何奈人生看不穿。

【说明】
前天、昨天风嚎骨寒，今天又暖和点。随想古今中外世界也如是矣！

作于 2023 年 11 月 11 日

听说西安打雷下雪

冬雷滚滚雪纷纷，
雁塔朦胧深闭门。
秦古长安十万户，
银装素裹问年辰？

初雪

一入初冬雪半国，
染白枯草泪婆娑。
离雷①没个安排处，
误上长安下渭河②。

【注释】

①"离雷"指秋后的离别之雷。②"渭河"是流经长安的一条河。

【说明】

今年冬雪来得这么早、这么猛,黄河以北不少地区雪花飘飘,花草惊愕。西安出现罕见的雷打雪天气。

作于 2023 年 11 月 14 日

医不起

仲景①千年治论灰,
华佗②怎奈铁窗悲?
人间有病愁钱少,
医者无德便是贼。

【注释】

①"仲景"指张仲景,东汉名医,著有《伤寒杂病论》。②"华佗"也是东汉名医,被曹操投入牢狱拷问致死。

【说明】

今冬又起流感杂病,网上看到儿童医院人头攒动,与长假逛景区好有一比。

作于 2023 年 11 月 28 日

大雪

窗外雪纷纷,
鹅毛半尺深。
欲穷千里目,
放眼起白尘。

【说明】

正下大雪,想去园林观景,刚驱车上坡,打滑且倒行。无奈!

作于 2023 年 12 月 13 日

连日雪

大风一卷梨花落,
山舞银蛇欲比高。
石径东桥如玉砌,
斜坡北柳似冰雕。
行人路上三摇摆,
飞鸟林间一劲叨①。
洒洒飘飘连日雪,
隔窗看景弄吹箫②。

【注释】

① "叨"指叨食。② "吹箫"学着吹洞箫。雪天冲茶一支箫,不似神仙也逍遥。

作于 2023 年 12 月 16 日

无题

惊世人尘悲泣泣,
知行莫要问前程①。
一生好景君须记②。
惯看纷纷落叶同。

【注释】

① "莫要问前程"取自五代十国冯道的《天道》:"穷达皆由命,何劳发叹声。但知行

好事,莫要问前程。冬去冰须泮,春来草自生。请君观此理,天道甚分明。"②"好景君须记"取自宋代苏轼《赠刘景文》:"荷尽已无擎雨盖,菊残犹有傲霜枝。一年好景君须记,最是橙黄橘绿时。"

【说明】

读古近代史,看人物起落。

作于 2023 年 12 月 20 日

回乡

回乡叹逝川①,
抬望倚栏杆。
山景依然在,
归来不少年。

【注释】

① "逝川"指光阴流逝。

【说明】

前不久,回故乡给父母扫墓。

作于 2023 年 12 月 21 日

冬至

日行南至复回归,
白昼光长挤夜黑①。
天道阴阳今又是,
迎来亚岁②雪和梅。

【注释】

① "挤夜黑"指即日起夜短了。② "亚岁"即冬至,古人过亚岁如过年。

作于 2023 年 12 月 22 日

山东大雪

青岛扬扬三尺玉，
烟台面满笑门低。
天爷或许迷失路，
直把山东当北极。

【说明】
昨天好友发来青岛雪深近三尺（1米），烟台朋友扫雪如挖战壕。

作于 2023 年 12 月 23 日

西湖飞雪

西子湖天寒雁吟，
断桥残雪系揪心。
三潭印月冰封镜，
怕冻雷峰塔下人[①]。

【注释】
① "塔下人"指传说中的白娘子，被法海收在雷峰塔下。

【说明】
昨天消息，杭州下雪，突破-5℃。南方的冷冻，我是领教过的！

作于 2023 年 12 月 24 日

大雁

南飞大雁别离意，

渐远啼声不住咽。
展翅八千遥路苦,
写成人字望乡关。

【说明】
远在湖南常德的朋友发来数排大雁到他家湖天的影像。

作于 2023 年 12 月 30 日

离新年钟声不到八小时

倒计时钟催岁尾,
阳光丽景唤东风。
人民万户遥相寄,
最是开年共大同。

作于 2023 年 12 月 31 日